대 산 세 계 문 학 총 서 **0 0 9**

타오르는 어둠 속에서 / 어느 계단의 이야기

EN LA ARDIENTE OSCURIDAD / HISTORIA DE UNA ESCALERA

Antonio Buero Vallejo

타오르는 어둠 속에서 / 어느 계단의 이야기

안토니오 부에로 바예호 지음

김보영 옮김

문학과지성사

2002

대산세계문학총서 009_희곡

타오르는 어둠 속에서/어느 계단의 이야기

지은이 안토니오 부에로 바예호
옮긴이 김보영
펴낸이 이광호
펴낸곳 ㈜**문학과지성사**
등록번호 제1993-000098호
주소 04034 서울 마포구 잔다리로7길 18(서교동 377-20)
전화 02) 338-7224
팩스 02) 323-4180(편집) 02) 338-7221(영업)
전자우편 moonji@moonji.com
홈페이지 www.moonji.com

제1판 1쇄 2002년 1월 21일
제1판 15쇄 2026년 1월 29일

ISBN 978-89-320-1303-9
ISBN 978-89-320-1246-9 (세트)

이 책은 대산문화재단의 외국문학 번역지원사업을 통해 발간되었습니다.
대산문화재단은 大山 愼鏞虎 선생의 뜻에 따라 교보생명의 출연으로 창립되어
우리 문학의 창달과 세계화를 위해 다양한 공익문화사업을 펼치고 있습니다.

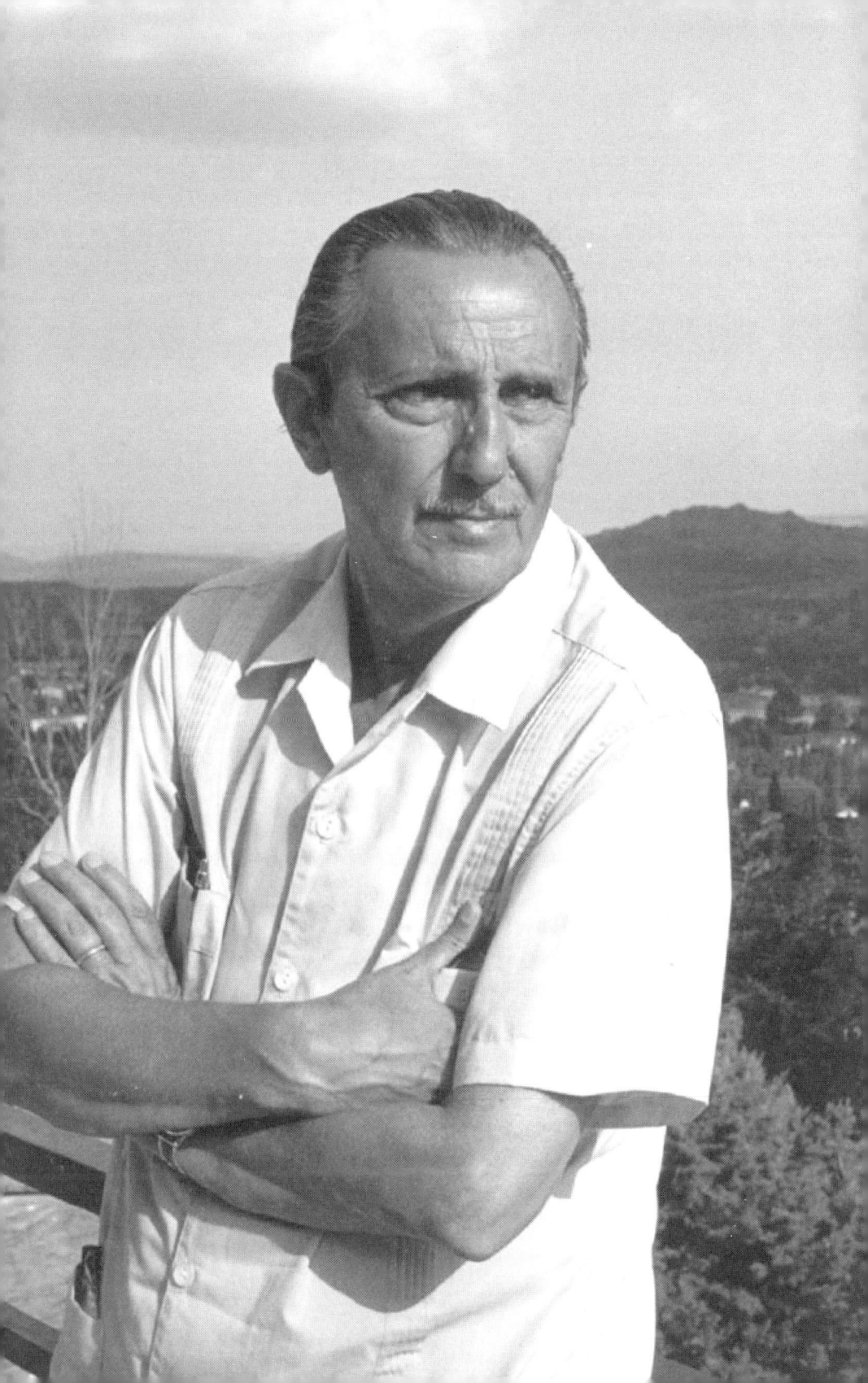

타오르는 어둠 속에서 / 어느 계단의 이야기

| 차례

타오르는 어둠 속에서

En la ardiente oscuridad

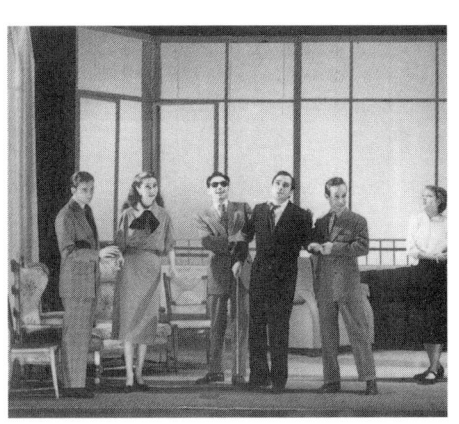 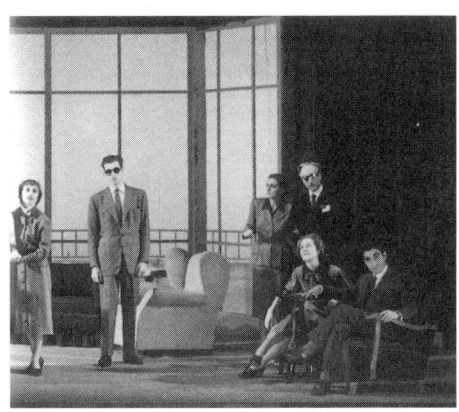

제1막

현대적인 학교의 흡연실. 날씨가 좋을 때 모임의 장소로 적합한 반쯤 열린 공간. 무대 정면 왼쪽에는 발코니로 향하는 문이 있다. 더 안쪽에는 발코니의 난간이 보인다. 그 밑으로는 운동장이 있으리라 상상된다. 운동장에 있는, 가지가 무성한 나무 한 그루가 발코니 뒤로 보이고, 이러한 배경은 즐거운 느낌을 준다. 시멘트로 된 낮은 문턱 위에 커다란 유리창이 있고, 그 뒤로 발코니가 있고 발코니와 무대를 큰 현관이 구분지어준다. 왼쪽 앞면에는 다리가 하나인 둥근 테이블이 있고 여러 개의 큰 팔걸이 의자와 나무 의자들이 있다. 가운데에는, 무대 안쪽 가까이 소파와 두 개의 팔걸이 의자가 다른 둥근 테이블 주변에 있다. 오른쪽 앞면에는 또 다른 둥근 테이블과 팔걸이 의자가 있다. 세 개의 테이블 위에는 재떨이가 놓여 있다. 큰 유리 창문은 꺾어져 무대 밖으로 이어지고, 왼쪽 측면 중간쯤 통로 입구가 있다. 오른쪽 측면에는 문이 하나 있다.

(옷을 단정하게 입고 편안하고 느긋하게 앉아 있는 여덟 명의 젊은 학생들이 보인다. 그 중 몇몇은 담배를 피우고 있다. 즐겁고 단정해 보이지만 뭔가 이상해 보이는 면이 있다. 자세히 살펴보면 그들 모두 장님이라는 것을 알 수 있다. 어떤 사람들은, 어쩌면 남에게 혐오감을 줄 수 있는 모습을 감추기 위해서, 아니면 단순히 멋있게 보이려고 검은 안경을 쓰고 있다. 보기에는 다들 젊고 행복해 보이는 젊은이들이고, 너무나 자신감에 찬 나머지 자리에서 일어나서 거의 주저함도, 더듬거림도 없이 아주 쉽게 움직인다. 자신들이 정상인이라는 것에 대한 환상은 거의 완벽해서 관객은 그들이 겪고 있는 신체적 장애를 잊는다. 단지 등장인물들이 말할 때 단 한 번도 정면으로 상대방을 쳐다보지 않는다는 사실을 제외하고는.

카를로스와 후아나는 왼쪽 팔걸이 의자에 앉아 있다. 그는 건장하고 다혈질로 보이는, 그러나 친절하고 강한 표정을 지닌 청년이다. 깃을 빳빳이 세운 옅은 색의 단정한 양복을 입고 있다. 후아나는 예쁘고 부드럽다. 엘리사는 오른쪽 의자에 앉아 있다. 그녀는 평범한 외모의 쾌활하고 단순한 아가씨이다. 소파에는 안드레스, 페드로, 알베르토가 앉아 있고, 그 옆 의자에는 로리타와 에스페란사가 있다.)

엘리사　(조바심을 내며) 지금 몇 시지? (모두들 마치 그 질문을 기다리고 있었
　　　　다는 듯이 웃는다.) 왜들 웃는 거야? 시간을 물어보면 안 되나? (웃음소
　　　　리가 더 커진다.) 알았어. 조용히 있을게.

안드레스　조금 전에 10시 30분을 쳤어.

페드로　개강식은 11시이고.

엘리사　내가 물었던 것은 45분이 됐는가였어.

로리타　조금 전에 세번째 물었잖아.

엘리사　(화가 나서) 그래서 시간이 된 거야, 안 된 거야?

알베르토　(장난스럽게) 아! 모르겠는데…….

엘리사　꼴도 보기 싫어!

카를로스　(빈정거리며) 이제 됐어. 그녀를 괴롭히지 마. 불쌍하잖아!

엘리사　나는 하나도 불쌍하지 않아!

후아나　(부드럽게) 아직 45분이 안 됐어, 엘리사.

(검은 안경을 낀 미겔린 [1]이 현관에 나타난다. 그가 검은 안경을 끼는 이유는, 그의 발랄함과 너무나 대조되는 그의 죽은 눈이 그를 보는 자로 하여금 가슴 아프게 한다는 것을 경험으로 알기 때문이다.)

---

1 미겔린 Miguelín은 남자 이름인 미겔 Miguel의 축소사로서 애칭으로 쓰인 것이다.

안드레스　진정해. 너도 알다시피 미겔린은 언제나 시간이 되어야 나타나잖아.

엘리사　누가 미겔린에 대해 물었어?

미겔　(우스꽝스럽게 슬퍼하며) 아무도 미겔린에 대해 묻지 않는다면 나는 울어버릴 거야.

엘리사　(벌떡 일어나며) 미겔린!

(뛰어가서 그의 품안에 안기고 나머지는 따뜻하게 그를 맞이한다. 카를로스와 후아나를 제외한 이들이 그와 악수하기 위해 일어난다.)

안드레스　이 사람 미겔린!

페드로　올 때가 됐었지.

로리타　엘리사가 얼마나 걱정했는지 몰라.

에스페란사　일은 어떻게 됐어?

알베르토　잘 있었어?

(엘리사를 계속 잡은 채 미겔린은 자신 있게 소파로 다가간다.)

카를로스　이제 더 이상 친구들을 기억하지 못하는 거야?

미겔　카를로스! (그와 악수를 하러 다가간다.) 후아나는 분명히 바로 옆에 있겠지?

후아나　네가 맞췄어!

(그에게 손을 내민다.)

미겔　(다시 엘리사의 손을 잡으며) 휴우! 개강식에 참석 못 하는 줄 알았어! 나는 너무 잘 지냈어 애들아, 아주 멋지게. (엘리사와 나란히 앉는다. 안드레스가 그들과 함께 앉는다. 다른 사람들도 모두 앉는다.) 하지만 내가 얼마나 너희들과 있고 싶었는지 알아! 거리는 너무 복잡해. 하지만 이곳에서는 숨을 쉴 수 있지. 도착하자마자 수위실에다 지팡이를 던졌어. '내가 늦었나?' '아직 20분 남았어.' '좋아.' 여기저기 인사하고…… '미겔린.' '미겔린이 여기 있습니다.' 내가 왜 그러냐 하면 나는 분명히 유명한 사람임에 틀림없으니까.

(다들 웃는다.)

엘리사　(그 말을 믿으며) 우쭐대긴!

미겔　조용히해. 말 가로막는 것은 금지야. 계속하지. '미겔린, 어디 가?' '미겔린, 발코니에 엘리사가 있어……'

엘리사　(부끄러운 듯이 그를 꼬집는다.) 바보!

미겔　(큰 소리로) 아야!…… (웃음소리) 계속할게. '내가 어디 가느냐고? 우리 그룹이 있는 모임 장소로.' 그러니까 내가 여기 있지. (한숨 쉬며) 그건 그렇고, 왜 강당으로 안 가는 거지?

(다들 일어나려 한다.)

로리타　너까지 그러지 마! 아직 시간 있어.

안드레스　(그를 붙잡으며) 말해봐. 방학이 어땠는지.

에스페란사　(손뼉을 치며) 그래, 그래. 말해봐.

엘리사　(귀찮은 듯. 그러나 역시 손뼉을 치며) 그래, 그래. 쟤한테 얘기해줘.

에스페란사　(당황해하며) 그게 무슨 뜻이야?

엘리사   (차갑게) 아무것도 아냐. 나도 손뼉 칠 줄 안다고.

(학생들이 웃는다.)

에스페란사   (언짢은 듯) 그래?

미겔   그만 해, 엘리사. 친구들이 내 방학 이야기를 듣고 싶어해. 그러니까
       너도 들어.

(학생들은 만족한 듯이 재미있는 이야기를 들으려고 느긋하게 앉는다. 미겔린은
킥킥거리며 웃는다.)

페드로   어서 시작해!

미겔   잘 들어. (웃으면서) 어느 날 밖에 나가기 위해 내 지팡이를 집어 들
       었지. 그리고…… (갑자기 중단하며 놀란 어조로) 뭔가 들리지 않아?

안드레스   그만 장난치고 계속 얘기해봐.

미겔   지금 장난치는 게 아냐! 뭔가 이상한 것이 들린다니까. 지팡이 소리
       가 들려…….

로리타   (웃으며) 네 것이겠지. 아직 너의 귓전에 맴도는.

엘리사   계속해봐, 이 바보…….

알베르토   장난치는 게 아냐. 지팡이 소리가 들려.

후아나   나도 들리는데.

(모두들 귀를 기울인다. 사이. 오른쪽에서 지팡이로 바닥을 더듬으며, 긴장한
모습으로 이그나시오가 등장한다. 비쩍 마르고, 진지하고 심각한 젊은이지만 약간
단정치 못한 느낌을 준다. 셔츠의 목 단추는 풀려 있고, 넥타이는 느슨히 매여 있고,

머리는 대충 빗은 모습이다. 그는 내내 검은 옷을 입고 있다. 몇 발짝 앞으로 나아가서는 주저하며 멈춘다.)

로리타 참 이상하네!

(이그나시오는 긴장해서 몇 발짝 물러선다.)

미겔 너 누구지?

(두려움에 떨며 이그나시오가 방금 들어온 곳으로 나가려 한다. 그러나 생각을 바꿔 왼쪽으로 빠르게 간다.)

안드레스 대답 안 해?

(이그나시오가 후아나의 의자에 걸린다. 손을 뻗자 그녀가 그 손을 잡는다.)

미겔 (일어나며) 기다려, 가지 마!

(그가 다가가서 그를 더듬는다. 후아나가 불안한 듯 말한다.)

후아나 내 손을 잡았어…… 누군지 모르겠어.

(이그나시오는 손을 놓는다. 미겔린이 그의 팔을 잡는다.)

미겔 나도 모르겠어.

(안드레스도 일어나 그의 다른 팔을 잡으러 다가간다.)

이그나시오　(두려워하며) 나 좀 놔줘.

안드레스　여기서 뭘 원하는 거지?

이그나시오　아무것도 없어. 제발 나를 놔줘. 나는…… 불쌍한 장님일 뿐이야.

로리타　(웃으며) 네 경쟁자가 생겼네, 미겔린.

에스페란사　경쟁자라고? 선생님이겠지.

알베르토　아마도 1학년에 있는 웃기는 녀석 중 하나겠지.

미겔　나에게 맡겨. 네가 누구라고?

이그나시오　(놀라서) 장님이라구.

미겔　오 불쌍한 것, 불쌍한 것! 내가 다른 아이들한테 데려다 줄까? (다들 깔깔 웃는다.) 꺼져, 이 바보야! 너의 반 아이들이나 웃기러 가.

안드레스　너의 농담은 진짜 재미가 없어. 꺼저, 없어져.

(그를 민다. 이그나시오는 무대 옆으로 뒷걸음질친다.)

이그나시오　(흥분해서, 거의 울먹이며) 나는 장님이라고 말했잖아!

미겔　그 단어 한번 잘 배웠네. 꺼져!

(그에게 위협적으로 다가간다. 알베르토도 일어난다.)

이그나시오　내가 장님인 게 안 보여?

미겔　어떻게 보여?

(이 상황에 대해 낮은 목소리로 이야기하던 후아나와 카를로스가 끼어든다.)

카를로스   우리가 큰 실수를 저지르고 있는 것 같아. 그는 사실을 말하고 있어.
            다시 앉아봐.

미겔   그래?

카를로스   (후아나와 이그나시오에게 다가가며) 우리도 역시…… 장님이야, 네
            가 말하듯이.

이그나시오 너희들도?

후아나   우리 모두가 그래. 너는 지금 네가 어디 있는지 모르는 거니?

(엘리사가 당황해하는 미겔린의 팔을 잡는다. 학생들은 수군거린다. 안드레스와
페드로는 다시 앉는다. 모두 듣는다.)

이그나시오 그래, 알아. 그렇지만 너희들이 나와 같다는 사실을…… 믿을 수가
            없어.

카를로스   (미소지으며) 왜?

이그나시오 너희는 자신 있게 돌아다니잖아. 그리고 나한테 말할 때는…… 나를
            보고 있는 것 같아.

카를로스   너도 곧 그렇게 돼. 너는 방금 왔지, 그렇지?

이그나시오 응.

카를로스   혼자?

이그나시오 아니. 우리 아버지는 교장 선생님과 사무실에 계셔.

후아나   너를 밖에 놔두고?

이그나시오 교장 선생님이 두려워하지 말고 나가보라고 하셨어. 아버지는 원하
            지 않으셨지만 돈 파블로가 나가보라고 하셨어. 건물 안을 돌아다녀보

라고. 좋은 방법이라고.

카를로스 (그를 보호하며) 그게 제일 좋은 방법이지. 두려워하지 마.

이그나시오 (자랑스럽게) 두렵지 않아.

카를로스 방금 있었던 일은 신경 쓰지 마. 미겔린은 장난이 좀 심하거든.

미겔 미안해. 모든 게 다 돈 파블로 때문이야.

알베르토 (웃으며) 그의 교육 때문이지.

미겔 바로 그거야. 처음 만나는 순간부터 너에게 자신의 교육을 적용시켰지. 너도 그의 부인과 곧 만나게 될 거야. 걱정하지 마.

(엘리사에게 다시 돌아가 둘은 왼쪽 의자에 앉는다. 그리고 아주 다정하게 이야기하기 시작한다.)

카를로스 이번에는 이것으로 충분했어. 네가 원하면 사무실로 데려가줄게.

이그나시오 고마워. 그런데 혼자 갈 줄 알아. 안녕.

(무대 안쪽으로 몇 발짝 간다.)

카를로스 (차분히) 아냐. 너는 몰라…… 그쪽은 출구야. (그의 팔을 다정하게 잡고 오른쪽으로 돌게 한다. 소극적인 자세로 고개를 숙인 채 이그나시오는 카를로스가 자신을 인도하도록 놔둔다.) 후아나, 잠깐 여기서 기다려. 금방 올게.

후아나 그래.

(오른쪽으로 이그나시오의 아버지와 교장 돈 파블로가 등장한다. 아버지는 아들을 찾으며 허겁지겁 들어온다. 그는 지치고, 나이보다 늙어 보이는, 단정한 사무원

복장을 한 사람이다. 그의 뒤에는 느긋하게 미소를 짓는 돈 파블로가 있다. 관자놀이
에는 흰머리가 있으나 세월이 그에게서 어린아이의 순수함을 완전히 지워버리지 못
한, 약 50세가량 된 남자이다. 돈 파블로의 복장은 보수적이고 우아하며, 검은 안경
을 끼고 있다.)

아버지   이그나시오가 여기 있네요.

돈 파블로   그를 찾을 수 있을 거라고 했잖아요. (흐뭇해하며) 더군다나 좋은 학
          생들과 있네요. 잘 있었어요, 학생들.

(그의 목소리를 듣고 모든 학생들이 일어난다.)

학생들   안녕하세요? 돈 파블로.

(아버지가 아들에게 다가가 그의 팔을 다정하게 잡는다. 이그나시오는 그 접촉
이 언짢은 듯 움직이지 않는다.)

카를로스   우리는 벌써 이그나시오와 인사를 했어요.

후아나   카를로스가 방금 선생님에게 데려가려 했어요.

돈 파블로   (아버지에게) 보시다시피 아무 일 없었잖아요. 바로 친구들을 만났잖
          아요. 더군다나 우리 학생들 중에 가장 우수한 카를로스를, 그리고 후
          아나를.

아버지   (짤막하게) 만나서 반가워요.

후아나   저희도요.

돈 파블로   당신 아들은 우리 학생들과 잘 지낼 거예요. 확신하셔도 돼요. 이곳
          에서 그는 즐길 수 있어요, 친구도 만나고, 놀이도 하고……

아버지 네, 물론이죠. 그러나 놀이는…… 내가 본 놀이는 의심할 여지 없이 참 대단했어요. 나는 한 번도 장님들이 공놀이를 할 수 있을 거라고 생각해본 적이 없어요. 더군다나 그렇게 높은 미끄럼틀 위에서 내려오다니. (조심스럽게) 우리 이그나시오도 그런 일들을 할 수 있을까요?

돈 파블로 이그나시오는 그것뿐만 아니라 훨씬 더 많은 것도 할 거예요. 믿어 의심치 마세요.

아버지 넘어지지는 않을까요?

돈 파블로 다른 아이들이 넘어지던가요?

아버지 그렇게 놀 수 있다는 것이 불가능할 것 같아요, 자신의 처지를 한탄할 필요도 없이…….

돈 파블로 하나도 불행한 일이 아니에요. 저런 것과 또 다른 오락도 우리들 사이에는 이미 오래전부터 가능한 일이죠.

아버지 그러나 저 아이들이 모두 불쌍한 것들……, 장님이네요. 아무것도 보지 못하는.

돈 파블로 반면에 당신보다 더 잘 듣고 방향을 더 잘 잡죠. (학생들이 수군거리며 동의한다.) 또 한편으로는…… (비꼬듯이) 그들을 불쌍하다고 표현하는 것은 옳지 않다고 생각하는데요. 안 그래, 안드레스?

안드레스 교장 선생님 말씀대로죠.

돈 파블로 그리고 너희들은? 페드로, 알베르토.

페드로 물론이죠. 우리는 불쌍한 사람들이 아니에요.

알베르토 다른 것은 몰라도 그것만은 아니죠.

로리타 선생님께서 허락하신다면, 돈 파블로…….

돈 파블로 그래요. 말해봐요.

로리타 (웃으며) 아무것도 아녜요. 에스페란사와 저도 같은 생각이라는 것 빼고요.

아버지   미안합니다.

돈 파블로   마치 비난한 것 같아서 더 죄송하네요. 우리는 단지 설명하려고 했을
          뿐인데. 장님들도, 아니, 우리가 부르는 것처럼, 앞을 못 보는 사람들도
          누구나 가는 곳에 다 갈 수 있습니다. 직업도 있고, 문학과 신문 분야에
          서 중요한 위치를 차지하고 있고, 교수도 있고…… 우리는 건강하고
          사회적이고…… 우리는 철의 정신을 갖고 있죠. 우리 학생들은 이런
          대화에 익숙지 않아요. (학생들에게) 너희들 중에 재빠른 사람은 강당
          에 자리를 잡아도 좋을 텐데. 이제 11시가 거의 다 됐는데. (미소지으
          며) 정식으로 알려주는 거야.

안드레스   고맙습니다, 돈 파블로. 얘들아, 가자.

(안드레스, 페드로, 알베르토와 두 여학생이 왼쪽으로 줄지어 간다.)

학생들   안녕히 계세요, 안녕히 계세요, 돈 파블로.

돈 파블로   잠시 후에 봐요, 잠시 후에.

(학생들이 나간다. 엘리사가 그들을 따라가려 한다. 그러나 미겔린이 그녀의 팔
을 잡아 앉힌다. 서로 손을 맞잡고 다시 다정하게 이야기하기 시작한다. 후아나와 카
를로스는 왼쪽에 서서 돈 파블로의 말에 귀를 기울이고 있다. 사이.)

아버지   부끄럽군요. 저는…….

돈 파블로   괜찮아요. 당신은 우리를 모르는 사람들이 가시고 있는 편견을 가지
          고 있는 거지요. 예를 들자면, 당신은, 우리는 결혼을 안 한다고 생각하
          실 거예요…….

아버지   그런 게 아니라…… 당신들끼리는, 당연히…….

돈 파블로 아뇨. 날이 갈수록 앞을 보는 사람과 앞을 못 보는 사람과의 결혼이 늘고 있죠. 바로 저도······.

아버지 당신도요?

돈 파블로 네. 저는 태어날 때부터 앞을 못 보지만 앞을 보는 사람과 결혼했죠.

이그나시오 (점점 놀라며) 앞을 보는 사람과요?

돈 파블로 네, 그렇습니다.

아버지 실례합니다만, 우리가 앞을 보는 사람들이라고 할 때는 예언자를 의미하는데······.

돈 파블로 (약간 차갑게) 당연하죠. 그러나 어쩔 수 없이 겸손해야 되는 우리로서는 단지 시력이 있는 사람을 그렇게 부릅니다.

아버지 (어찌할 바를 모르며) 다시 한번 용서하세요.

돈 파블로 용서할 게 뭐 있나요? 제 아내를 소개해드리고 싶은데 아직 오지 않았군요. 이그나시오도 그녀를 만나게 될 거예요. 제 비서이니까.

아버지 다른 날 만나보죠. 이그나시오, 이제 그런······ 너를 이렇게 좋은 곳에 놓고 떠나서 기쁘구나. 네가 이곳을 좋아할 것을 믿어 의심치 않아. (이그나시오는 침묵하고 있나. 카를로스와 후아나에게) 그리고 당신들에게 부탁하는데요. 이 아이에게 용기를 주세요! (익숙지 않은 명랑함으로) 당신들의 특징인 그 철의 정신을 심어주세요.

이그나시오 (기분 나쁜 듯이) 아버지.

아버지 (그를 포옹하며) 그래, 아들아. 이곳에서 너는 사나이가 되어 나올 거야.

돈 파블로 물론이죠. 몇 년 후에 완전한 학사가 되어서.

(아버지와 아들 사이의 긴장감이 완화된다. 카를로스가 이그나시오의 팔을 잡으며 끼어든다.)

카를로스   두 분이 허락하신다면 우리의 친구를 데리고 가겠습니다.

아버지   물론이죠. (감격스러워하며) 안녕, 이그나시오…… 곧…… 보러……

            올게…….

이그나시오 (담담하게) 또 봐요, 아버지.

(아버지는 많은 것을 느끼는 것 같다. 눈물 어린 시선으로 자신을 보지 못하는
모든 사람들을 둘러본다. 그의 행동에는 많은 동요가 있다. 아들을 다시 끌어안고,
두 학생에게 작별 인사를 하고, 허공을 바라보는 돈 파블로와 이야기한다.)

돈 파블로   이제 가실까요?

아버지   네, 네.

(무대 안쪽을 향해 걸어간다.)

돈 파블로   (멈춰 서며) 카를로스, 그를 강당으로 데리고 가. 아! 그를 미겔린에

            게 소개해줘. 왜냐하면 같은 방을 쓰게 될 테니까.

카를로스   걱정 마세요, 돈 파블로.

(돈 파블로가 아버지에게 여러 가지 이야기를 한다. 그러나 아버지는 점점 더
슬픈 표정으로, 아들이 걱정되어 자주 뒤를 돌아보느라고 돈 파블로의 말을 거의 듣
지 못한다. 그들은 함께 안쪽에 있는 문으로 나간다. 그리고 유리 뒤에서 오른쪽으로
사라진다. 그러는 동안 카를로스, 이그나시오와 후아나는 무대 앞, 왼쪽에 서 있다.)

카를로스   네가 진작 오지 않은 게 유감이야. 이제부터 공부를 시작하는 거니?

이그나시오   응, 예비 과정을.

카를로스   후아나와 내가 너를 도와줄게. 아무리 힘들어도 우리와 상의하는 것을 어려워하지 마.

후아나   당연하지.

카를로스   됐어. 이제 미겔린이 너를 자기 방으로 안내할 거야. 그전에 너는 이 건물을 익혀야 돼. 잘 들어. 이곳은 우리의 모임 장소이고 이 순간부터 너는 모임의 일원이 된 거야. 이곳의 중앙에는 아무것도 없어. (그를 데리고 다닌다.) 부딪치지 않게, 네가 의자들과 둥근 테이블들을 익히기 위해 한 바퀴 돌자. (세 사람은 오른쪽에 있다.) 너는 어서 빨리 그 지팡이를 버려야 돼. 이제 곧 필요 없게 될 거야.

후아나   (그에게서 지팡이를 뺏으려 한다.) 이리 줘. 보관해달라고 수위 아저씨에게 드려야겠어.

이그나시오   (저항하며) 안 돼, 안 돼. 나는…… 지팡이 없이 다니기에는 너무 둔해. 그리고 나에게 건물을 익히게 하려고 애쓰지 마. 나는 익히지 못할 거야.

(잠시 침묵.)

카를로스   미안해. 네가 원하는 대로 해. 그래도 너는 하루빨리 그 둔함을 극복하려고 노력해야 돼. 너는 우리 초등학교에서 공부하지 않았니?

이그나시오   아니.

후아나   태어날 때부터 장님이 아니었어?

이그나시오   장님이었어. 그러나…… 우리 가족은…….

카를로스   좋아. 신경 쓰지 마. 이곳에 있는 우리 모두는 태어날 때부터 그랬고 이 학교에서 계속 공부했지, 돈 파블로의 지도 아래.

후아나   돈 파블로가 어떤 사람 같아?

이그나시오   바보스러울 정도로 행복해 보이는 사람.

카를로스   자신의 최고의 꿈에 도달하려는 그 누구에게도 바보스럽다고는 말할 수 없지.

후아나   도냐 페피타가 그 말을 듣는다면…….

카를로스   이제 너는 그보다 절대 덜 행복하지 않은 다른 선생님들을 만나게 될 거야.

이그나시오   그들도 역시 장님?

카를로스   앞을 못 본다고 하지…… (사이) 어떤 선생님은 그렇고, 어떤 선생님은 아니고. 생물 선생님은 앞을 못 보지만, 앞을 보는 국어 선생님 조교와 결혼했지. 물리 선생님도 앞을 보고, 또…….

이그나시오   앞을 보는 사람…….

후아나   앞을 보는 사람. 뭐가 이상해?

이그나시오   이봐, 카를로스, 그리고 너, 후아나. 장님 남자와 앞을 보는 여자와의 결혼이 가능하다고 생각해?

카를로스   그게 이상한 것 같아?

후아나   그런 부부는 많아.

이그나시오   앞을 보는 남자와 장님 여자와도? (침묵) 그래, 카를로스? (사이) 후아나?

카를로스   후아나와 나는 한 노부부를 알지…….

이그나시오   한 노부부.

후아나   그리고 페페와 루이시타 부부. 얼마나 행복한데!

이그나시오   두 부부네.

카를로스   (미소지으며) 이그나시오…… 기분 나쁘게 생각하지는 마. 너는 이곳이 처음이어서 약간 긴장했나 봐. 뭐라 할까? 약간…… 이상하다고 나 할까…… 진정해. 이 집에는 너를 위한 즐거움이 넘치고, 너는 이곳에서 잘 지낼 거야.

(다정하게 어깨를 두드린다. 후아나도 미소짓는다.)

이그나시오 내가 약간 이상할지도 몰라. 우리 모두가 다 그렇잖아.

카를로스 (미소지으며) 그것에 대해서는 다음에 또 이야기하자. 이곳에 미겔린이 있어야 돼. 그렇지, 후아나? 아직 안 간 것 같은데. 미겔린! (미겔린은 귀찮다는 듯이 듣는다. 그러나 움직이지 않는다.) 죽은 척하지 마. 네가 거기 있는지 다 알아.

(더듬어서 그에게 다가간다. 그는 엘리사에게 몸을 밀착시킨다. 결국, 웃음 속에서 그를 찾아낸다.)

미겔 네가 후아나와 있을 때 나도 똑같이 해줄 거야. 무슨 일이야?

카를로스 이리 좀 와봐.

미겔 싫어.

카를로스 바보짓 그만 하고 이리 와. 돈 파블로의 지시를 너에게 전해야 돼.

미겔 (억지로 일어나며) 그 지시 속에 엘리사가 같이 있지 않으면, 나 안 가.

엘리사 너의 농담에 나를 좀 끌어들이지 않았으면 좋겠어, 안 그래?

미겔 안 그런데.

후아나 너도 이리 와, 엘리사. 우리 둘이 잠시 같이 있을 때가 된 것 같아.

미겔 할 수 없네. (한숨 쉰다.) 할 수 없네, 가자. (엘리사의 손을 잡고, 카를로스 뒤를 따라 그들에게 다가간다.) 어서 털어봐.

카를로스   (이그나시오에게) 이 사람이 미겔린이야. 집안의 괴짜지. 그리고 이
　　　　　곳의 막내이자 열일곱 살짜리 우리의 마스코트야. 그렇지만 아주 좋은
　　　　　친구지. 엘리사는 그의 포기한 보모이고.

미겔　　　만족한…… 만족한 보모지.

엘리사　　조용히 좀 해!

미겔　　　못 그러겠는데!

카를로스   새로 온 사람에게 어서 악수를 청해.

미겔　　　(악수하며 엘리사에게) 어서……, 보모…… 새로 온 학생에게 손을
　　　　　내밀어.

(엘리사는 하라는 대로 하다가 순간 전율을 느낀다.)

카를로스   (이그나시오에게) 돈 파블로의 지시대로 미겔린은 너의 한방 친구가
　　　　　될 거야. 만약 그와 생활하기 힘들면 말해. 그러면 우리가 조치를 취할
　　　　　게.

이그나시오   왜 내가 잘 지내지 못하겠어? 우리 둘 다 장님인데.

(후아나와 엘리사가 이야기를 주고받는다.)

미겔　　　이봐, 카를로스, 내가 이그나시오가 농담을 잘한다고 했잖아.

이그나시오   나는 진지하게 말했는데.

미겔　　　아, 그래?…… 그렇다면 고맙네. 그렇다고 해도 나는 내 자신이 불
　　　　　행하다고 생각하지 않아. 나의 유일한 불행은, 참아야 된다는 거지, 누
　　　　　군가를…….

엘리사　　(펄쩍 뛰며) 그만 해, 이 바보! 나는 네가 어디까지 가려는지 알아.

(이그나시오만 빼고 모두 다 웃는다.)

미겔 그리고 나의 제일 큰 행복은 기다리고 있는 장모님이 없다는 거지.

엘리사 이런, 짐승!

미겔 (여학생들에게) 왜 너희들은 계속 소곤거리지 않니? 그대로가 좋았
       는데. (그녀들은 소곤거리다 킥킥거리며 웃는다.) 여자들의 은밀한 이야
       기야, 이그나시오. 그것보다 더 끔찍한 것은 없어! (후아나와 엘리사가
       그를 꼬집는다.) 아야! 아야! 내가 말했잖아! (웃음) 좋아, 카를로스, 이
       그나시오. 우리 다 같이 술집에 가자. 여자들은 빼고. 맥주가 있어요!

카를로스 좋았어.

후아나 공동 작전이지, 그렇지? 나중에 너한테 할 말이 있어.

카를로스 잠깐이면 되는데……

미겔 티첩히지 마, 비겁하게! 빨리 가사구. 그리고, 아가씨들! 내가 없을
       때 나의 화려한 제의를 비난하는 자는…… 카를로스는 아주 작은 일에
       도 만족해.

후아나 이제 그만 가!

엘리사 (동시에) 바보!

(이그나시오를 가운데 세운 후 청년들이 그를 데리고 오른쪽으로 나간다.)

엘리사 우리 얘기하자!

후아나 그래, 얘기하자구! (서로 손을 잡고 소파에 가서 앉는 동안 돈 파블로
       가 유리 뒤를 지나 무대 안쪽 문으로 들어온다. 여학생들에게 다가가서 그
       녀들의 대화를 들으며 멈춰 선다.) 우리 얘기 안 한 지 너무 오래됐어!

엘리사　　나는 매일 먹는 빵처럼 필요했어.

돈 파블로　　내가 끼어드는 건가?

후아나　　아닌데요. (둘이 일어난다.) 우린 아직 시작도 안 했는데요.

돈 파블로　　무슨 얘기를 하려고 했는데? 새로 온 학생에 대해서?

엘리사　　제 생각에는…… 좀더 오래된 학생들에 대해서 이야기하려고 한 것
　　　　　　같은데요.

후아나　　(부끄러운 듯이) 엘리사!

돈 파블로　　(웃으며) 아주 기분 좋은 이야기지. (심각하게) 그런데 이 주책없는
　　　　　　늙은이가 와서 새 학생에 대해 이야기하려고 하네. 엘리시타[2]도 그를
　　　　　　아는 것 같은데.

엘리사　　네, 선생님.

(발코니로 도냐 페피타가 지나가다 문 앞에 선다. 40세 정도 되었고 팔 밑에 가
죽 가방을 끼고 있다. 미소를 지으며 남편을 사랑스럽게 바라본다.)

돈 파블로　　(어느새 그녀를 느끼고 시선을 허공으로 돌린다.) 잠깐만…… 내 아내
　　　　　　가. (돌아다본다.)

도냐 페피타　　(다가가며) 안녕, 파블로. 미안해요. 제가 좀 늦었죠.

돈 파블로　　(세월의 흐름이 전혀 상관없는 듯한 따뜻함으로 그녀의 손을 잡는다.)
　　　　　　오늘 당신 냄새가 너무 좋아, 페피타.

도냐 페피타　　항상 똑같은데요. 안녕, 아가씨들. 너희들의 편력 기사들은 어디 있
　　　　　　지?

엘리사　　새로 온 친구 때문에 우리를 버렸어요.

---

2 엘리시타 Elisita도 엘리사 Elisa의 축소형이다. 스페인어권 사람들은 가까운 사람들을 부를 때 애정
의 표현으로 축소형을 많이 쓴다.

후아나   불쌍한 아이예요, 괜찮아 보였어요.

엘리사   나는 별로인데.

돈 파블로   새 친구에 대해 그렇게 말하지 말아요, 아가씨. 더군다나 서로를 알 시간도 없었는데. (도냐 페피타에게) 카를로스와 미겔린이 방금 예비 학교에 들어온 학생과 함께 있어.

도냐 페피타   아, 그래요? 어떤 아이인데요?

돈 파블로   당신이 방금 들은 대로 이 아가씨들은 별로 호의적이 아닌데.

후아나   왜 아녜요? 엘리사가 너무 성급해서 그래요.

돈 파블로   그래, 좀 그렇지. 바로 그런 이유 때문에 내가 너희에게 충고 좀 할 게.

후아나   이그나시오에 관해서요?

돈 파블로   응. (도냐 페피타에게) 그리고 당신도 이 일에 신경을 좀 써줘.

도냐 페피타   심각한 일예요?

돈 파블로   항상 같은 일이지. 의지가 약해.

도냐 페피타   전형적인 경우네.

돈 파블로   전형적이지. 어쩌면 이번에는 약간 복잡한지도 몰라. 우울한 청년이 야. 부모들의 잘못된 사랑으로 인해. 지나친 응석에, 개인 교수에…… 외아들이지. 당신도 알잖아. 그래서 이번에도 몇몇 학생들의 적극적인 도움이 필요해.

후아나   조금 전에 그 아이한테 지팡이를 버리라고 했더니 싫다고 했어요. 자 신은 매우 둔하다면서.

돈 파블로   그래서 설득해야 돼. 의지만 있다면, 자신도 쓸모 있는 사람이고, 자 기 앞에는 모든 길이 열려 있다는 것을 알게 해줘야 해. 바로 이곳이 그 에게 좋은 본보기가 되는 것도 사실이지만, 그에게 모든 것을 요령 있 게 심어줘야 돼. 그래서 너희들의 기술이 필요하고, (후아나에게) 특히 카를로스에게 가장 중요한 부분을 부탁하려고 해. 진정한 우정으로 그의 마음을 기쁘게 해주는 일을 말이야. 그리 어렵지 않을 거야…… 이런 종류의 젊은이들은 사랑과 즐거움에 굶주려 있기 때문에 자기 내면의 벽만 허물면 절대로 거절하지 않지.

도냐 페피타 왜 미겔린과 한방을 쓰도록 하지 않아요?

돈 파블로 (고개를 끄덕이며 미소를 짓는다.) 이미 해놨지…… 그러나 엘리사, 내가 이런 부탁을 한 것에 대해 미겔린에게 알릴 필요는 없어. 그가 부담스럽게 느끼면 잘못될지도 모르니까.

엘리사 아무 말도 안 할게요.

도냐 페피타 좋아요. 중요한 것은 빠른 시일 내에 이그나시오에게 우리의 유명한 철의 정신을 심어주는 것이죠. 그렇죠?

돈 파블로 바로 그거야. 이제 이야기는 그만 하지, 개강식 시간이 다 됐으니. 아가씨들, 이 일은 너희들에게 맡길게…….

후아나 걱정하지 마세요.

도냐 페피타 잠시 후에 또 봐요.

후아나 잠시 후에 뵈요.

도냐 페피타 파블로, 다른 준비가 필요 없다면 가서 스피커를 연결시키라고 할게요. 학생들은 개강식이 시작되기 전까지 약간의 음악을 들을 권리가 있으니까요…….

(이야기하며 왼쪽으로 간다. 후아나와 엘리사는 어색하지만 다정하게 걸으며 무대 앞쪽에서 산책한다.)

후아나 우리 얘기 좀 하자. (엘리사는 대답이 없다. 걱정스러워 보인다. 후아나가 다시 말한다.) 엘리사, 우리 얘기 좀 하자.

엘리사 (필요 이상으로 걱정하며) 교장 선생님의 부탁이 마음에 걸려. 이그나시오에게 왠지 모르게 거부감을 느껴. 너도 사람들 사이의 영향력을 믿니?

후아나 물론이지. 우리 중에 안 믿는 사람도 있어?

엘리사 많은 사람들이 그런 것은 없다고 하지.

후아나 사랑을 모르는 많은 바보들은……

엘리사 (웃으며) 네 말이 맞아. 하지만 그것은 좋은 영향력이고, 나쁜 영향력도 있을 거야.

후아나 어떤?

엘리사 (심각하게) 이그나시오의 영향력. 그가 우리와 함께 있을 때 알 수 없는 숨막힘, 불쾌함, 불편함을 느꼈어…… 그리고 그와 악수를 나눌 때 그 느낌은 더욱 강했어. 건조하고 타는 듯한…… 나쁜 의도로 가득 찬.

후아나 나는 그런 것은 못 느꼈는데. 괜찮아 보였어. (사이) 그리고 무엇보다도 그는 불행해 보였어. 그는 적응이 필요한 것뿐이야. 나쁜 영향력에 대해서는 믿지 마.

엘리사 (심술궂게) 그렇다면 나는 미겔린의 영향력이 더 좋아!

후아나 (웃으며) 그리고 나는 카를로스의 것이 더 좋고! 그런데, 조용히해 봐. 좋은 생각이 났어.

(침묵. 그때 천천히 연주되는 베토벤의 「월광」이 스피커를 통해 울려 퍼진다.)

엘리사 뭐라고?

후아나 들어봐. 얼마나 황홀한가.

(침묵.)

엘리사　우리 계속 이야기해도 되지? 안 그래?

후아나　물론이지. 너한테 조용하라고 한 것은…… 이그나시오 문제의 해결책을 찾았기 때문이지.

엘리사　그래? 말해봐.

후아나　(다정하게) 이그나시오를 위한 해결책은…… 애인이야…… 우리가 그 애에게 애인을 찾아줘야지. 친구들 가운데서 한번 찾아보자. (사이) 너는 왜 아무 말 안 하니? 괜찮을 것 같지 않니?

엘리사　응, 그런데…….

후아나　아주 좋은 생각이야! 기억나니? 너와 내가 카를로스와 미겔린이 마음을 정하기 전에 같이 거닐었던 때를? 그때 우리는 많이 우울했었지…… 카를로스가 말하듯이 그때 우리는 기쁨의 근처에도 다가가지 못하고 있었던 거야. (엘리사가 그녀에게 입맞춘다.) 그리고 우리가 처음으로 우리의 속마음을 열었을 때의 그 감동은! '그가 나에게 사랑 고백을 했어, 엘리사' 라고 내가 말했을 때.

엘리사　그때 나는 너에게 그랬지. '어땠어? 빨리 얘기 좀 해봐!' 라고.

후아나　그래. 그리고 내가 묻는 말에 너는 우울하게 대답했지. '아니…… 미겔린은 아직 나에게 아무 말도 안 했어…… 나를 좋아하지 않나 봐.'

엘리사　그런데 그 다음날 그가 말했잖아!

후아나　분명히 카를로스로부터 용기를 얻었을 거야. 그들도 그들만의 비밀이 있을 거야.

엘리사　그후에…… 첫 입맞춤…….

후아나　(꿈꾸는 듯이) 아니면 그 이전에…….

엘리사　(깜짝 놀라며) 왜 불러?

(불안함이 느껴지는 미겔린의 소리를 듣고 놀란다.)

미겔   엘리사! 엘리사! 엘리사!

(오른쪽에서 등장한다.)

엘리사   (놀라서 그에게 뛰어간다.) 나 여기 있어, 미겔린! 왜 큰 소리로 그러
       는 거야?

미겔   이리 와!…… (갑자기 장난스러운 말투로 바뀌며) ……너를 안아줄
       게.

(그녀가 웃고 있는 사이에 다가와서 그녀를 안는다.)

엘리사   이 진드기!

후아나   주위에 사람이 있어, 미겔린!

미겔   알고 있어. 우리를 욕하고 있겠지. 그러나 이제 다 끝났어. 가자, 엘
       리사.

후아나   카를로스는?

미겔   금방 올 거야. 너보고 여기서 기다리라고 했어.

후아나   이그나시오는 어디에 두고?

미겔   내 방에 있어. 피곤해서 개강식에는 참석하지 않겠대…… 엘리사,
       가서 좋은 자리를 잡아야지.

엘리사   그래, 가자. 그냥 있을 거야, 후아나?

후아나   카를로스와 금방 갈게…… 우리 자리도 잡아줘.

미겔   노력할게. 조금 이따 보자고.

(엘리사와 미겔린은 왼쪽으로 퇴장한다. 후아나는 혼자 남는다. 소나타를 들으며 천천히 왔다 갔다 한다. 한숨을 쉰다. 갑자기 어떤 소리가 들린다. 혼동할 수 없는 '탁탁' 하는 지팡이 소리다. 후아나는 움직임을 멈추고 듣는다. 오른쪽에서 이그나시오가 나타난다.)

후아나　　이그나시오? (이그나시오가 멈춰 선다.) 너 이그나시오 맞지?

이그나시오　응, 맞는데. 너는 후아나지?

후아나　　(다가가며) 네 방에 있지 않았니?

이그나시오　거기서 오는 길이야…… 잘 있어.

(걷기 시작한다.)

후아나　　어디 가니?

이그나시오　(차갑게) 우리집에. (후아나는 놀라서 입을 다문다.) 안녕.

(몇 발짝 걷는다.)

후아나　　이그나시오…… 우리와 함께 공부한다고 했잖아!

이그나시오　(걸음을 멈추며) 생각이 달라졌어.

후아나　　한 시간 만에?

이그나시오　충분해.

(후아나가 다가가서 옷깃을 만진다. 그는 흠칫한다.)

후아나	그렇게 충동적으로 행동하지 마. 집에는 어떻게 갈 건데?
이그나시오	(불안해하며 그녀와의 접촉을 피한다.) 그건 쉽지.
후아나	그러면 너의 아버지가 무척 마음 상해하실 텐데. 그리고 돈 파블로는 뭐라고 하실까?
이그나시오	(경멸하듯이) 돈 파블로……
후아나	그리고 우리, 우리 모두 다 섭섭할 텐데. 우리는 너를 이미 우리의 동료로 생각하거든…… 영원히 잊을 수 없는 수업을 같이 들을 좋은 동료…….
이그나시오	조용히해. 너희 모두 다 나를 짜증나게 하는군. 너도 마찬가지고! 네가 제일! '즐겁게'가 이 학교 교훈이지. 너희들은 즐거움으로 오염돼 있어. 내가 이곳에서 기대한 것은 이게 아니야. 나는 나의 진정한 친구들을 찾을 거라 생각했어, 몽상가들이 아닌.
후아나	(따뜻하게 미소지으며) 불쌍한 이그나시오, 가슴이 아파.
이그나시오	혼자서 가슴 아파해봐!
후아나	화내지 마! 네가 그러는 건 당연해. 우리 모두 다 그런 비슷한 심정을 경험했으니까. 그러나 하루만 지나면 괜찮아져. (애교스럽게) 나는 그 방법을 알아. (사이) 차분히 내 말을 들으면 그 방법이 무엇인지 알려줄게.
이그나시오	나 지금 차분해!
후아나	내 말 좀 들어봐…… 너는 애인이 필요해. (사이. 이그나시오가 약간 웃는다.) 너 웃지! (미소를 머금고) 내가 금방 알아맞혔지.
이그나시오	(미소를 거두고, 심각하게) 너희들은 즐거움으로 오염돼 있어. 그러나 너희들은 잘 모르겠지만 너희들은 단순하고 한심한 인간들이야. 특히 여자들은. 여기도 그렇고, 저기 밖에서도 그렇고, 장님이든 아니든 간에 항상 똑같아. 나에게 그런 유치한 제의를 한 사람이 네가 처음은 아

니지. 내 이웃들도 같은 소리를 했었어.

후아나   바보! 그녀들이 무얼 의미했는지 모르겠니?

이그나시오   아니. 그녀들도 다들 약혼자가 있었어, 너처럼. 그 바보스러운 사랑
의 즐거움이 너희들로 하여금 바보 같은 충고를 주게 하지. 그것은 가
식적인 호의야. 모두들 그랬지. '왜 애인을 만들지 않니?' 그러나 그
어느 누구도 사랑의 감동으로, 떨리는 목소리로 '너를 사랑해' 라는 말
을 하지 않았어. (화를 내며) 너도 마찬가지잖아, 안 그래? 아니면 한번
말해봐. (사이) 나는 애인이 필요 없어. 내가 필요한 것은 온몸으로 말
하는 '너를 사랑해' 야. '너의 슬픔과 고뇌까지 포함해서 너를 사랑해.
허황한 즐거움의 왕국에서 살기 위해서가 아니고 너와 함께 괴로움을
같이하기 위해서.' 하지만 그런 여자는 없어.

후아나   (여자로서의 자존심이 약간 상해서) 어쩌면 네가 그 어느 여자에게도
물어보지 않은 것은 아닐까?

이그나시오   (냉정하게) 앞을 보는 여자에게?

후아나   그러면 안 되나?

이그나시오   (빈정거리며) 앞을 보는 여자에게?

후아나   아무러면 어때? 여자라면.

(침묵.)

이그나시오   다 꺼져버려, 특히 너! 너나 즐거워해. 너의 착하고 똑똑한…… 자신
이 행복하다고 생각하는 완벽한 바보인 카를로스와 함께. 미셸린, 돈
파블로 모두 다 똑같아. 모두! 너희들은 살 자격이 없어, 왜냐하면 너
희들은 고뇌하려 들지 않으니까, 왜냐하면 너희들은 너희들의 비극을
직면하려 하지 않으니까. 정상인의 생활을 생각하면서 현실을 잊으려

하고, 더군다나 슬픔에 빠져 있는 자들에게 즐거움을 강요하며…… (후아나의 동요) 내가 모른다고 생각하지? 나는 다 알아. 돈 파블로는 조심스럽게 우리 아버지에게 말했고, 우리 아버지는 대놓고 너희들에게 부탁했지…… (빈정거리며) 너희들은 모범생들이지, 학교 구석구석에 숨어 있는 절망감과 맞서는 선생님들에게 충심으로 협조하는. (사이) 장님들! 장님들 말이야, 앞을 못 보는 사람이 아니고, 이 멍청이들아!

후아나   (떨면서) 무슨 말을 해야 할지 모르겠어…… 너에게 거짓말을 하고 싶지도 않고…… 그래도 최소한 우리의 좋은 의도를 존중하고 고맙게 생각해줘. 가지 마! 노력이라도 해봐…….

이그나시오   싫어.

후아나   부탁이야. 지금 가면 안 돼. 너무 혼란스러울 거야. 그리고 나는…… 어떻게 표현해야 할지 모르겠네. 너를 어떻게 설득해야 할지 모르겠어.

이그나시우   너는 나를 설득시키지 못헤.

후아나   (양손을 맞잡고, 당황해서) 가지 마. 알아, 내가 어리석다는 것을…… 너는 내가 보잘것없음을 확인시켜주는구나…… 네가 가버리면 다들 내가 너와 이야기하고 아무것도 얻어내지 못한 것을 알 거야. 그냥 있어줘!

이그나시오   굉장한 자만이구나.

후아나   (동정하며) 이건 자만심이 아니야, 이그나시오. (슬프게) 내가 무릎 꿇고 간청할까?

(침묵.)

이그나시오   (아주 냉정하게) 뭐 하러 무릎을 꿇어? 그 행동은 앞을 보는 사람들에게는 커다란 효과가 있는 것 같지만…… 그러나 우리는 볼 수가 없잖아. 바보짓 하지 마. 모르는 일에 대해 말하지 마. 진정으로 삶을 사는 사람들을 흉내내지 마. 그리고 부탁이야, 너의 그 불쾌한 나약함을 보여주지 마. (긴 침묵) 가지 않을게.

후아나   고마워!

이그나시오   고맙다고? 이 거래는 별로 좋은 거래가 아닐 텐데. 왜냐하면 너희들은 지나치게 태평해. 지나치게 가식적이고, 지나치게 냉정하지. 그러나 나의 속은 불타오르고 있어. 나를 못 살게 굴고, 그리고 너희 모두를 타오르게 할 수 있는 끔찍한 불꽃으로…… 앞을 보는 사람들이 말하는 어둠 속에서 타오르고 있지……, 그리고 그건 끔찍해, 왜냐하면 우리는 그것이 무엇인지 모르니까. 나는 너희들에게 평화를 가져다 주는 것이 아니라 전쟁을 가져다 줄 거야.

후아나   그렇게 말하지 마. 가슴이 아파. 중요한 건 네가 머문다는 거야. 그건 분명히 우리 모두에게 좋은 일일 거야.

이그나시오   (빈정거리며) 어리석긴…… 그리고 바보. 너의 낙관주의와 너의 눈먼 것은 똑같아…… 나를 지치게 하는 이 싸움은 곧 너희들도 지치게 할 거야.

후아나   (다시 실망하며) 아니야, 이그나시오. 너는 우리에게 어떤 전쟁도 가지고 와서는 안 돼. 우리 모두 평화롭게 산다는 것이 불가능할까? 너를 이해할 수가 없어. 왜 그렇게 괴로워하는 거야? 왜 그러는 거야? 네가 원하는 것이 뭐지?

(침묵.)

이그나시오   (억누르며) 앞을 보는 것!

후아나   (흠칫 놀라 그의 곁에서 멀어지며) 뭐라고?

이그나시오   그래! 보는 것! 비록 그것이 불가능하다는 것을 알지만, 앞을 보는 것! 비록 나의 삶 전체가 이 소망 하나로 인해 소득 없이 소멸될지라도, 나는 앞을 보고 싶어! 그렇지 않으면 나는 만족할 수 없어. 우리는 만족해서도 안 되고. 더군다나 웃는다는 것은 더더욱 말도 안 돼! 너희들의 그 바보 같은 장님들의 즐거움으로 모든 것을 포기하는 것은, 절대로 안 되지! (사이) 그리고 비록 나의 십자가의 길을 함께 가줄 여자가 없더라도, 나는 혼자 갈 거야, 포기한 삶을 사는 것을 거부하고. 왜냐하면 나는 앞을 보고 싶거든!

(침묵. 멀리서 스피커 소리가 계속 들려온다. 후아나는 손을 입에 댄 채 얼굴에는 불안한 기색을 보이며 경직돼 있다. 카를로스가 허겁지겁 오른쪽으로 들어온다.)

카를로스   후아나! (사이. 후아나는 본능적으로 그를 향해 선다. 그리고 당황해서 다시 이그나시오를 향해 돌아선다. 말을 하지 못한 채) 후아나, 여기 있지 않니?…… 후아나! (후아나는 움직이지도 않고 대답도 하지 않는다. 비통함에 젖은 이그나시오도 역시 아무 말을 안 한다. 카를로스는 자신의 본능적인 자신감을 잃는다. 이상하리만큼 혼자임을 느낀다. 장님임을. 불안하게 양팔을 앞으로 하고, 허공을 더듬으며 조심스럽게 걷는다.) 후아나!…… 후아나!……

(다시 확실하고 평범한 목소리로 그녀를 부르며 왼쪽으로 나간다.)

막 내림.

제2막

흡연실. 안쪽의 나무는 앙상한 가지를 드러내놓고 있다. 군데군데 노란 잎이 남아 있을 뿐. 테라스 바닥에는 바람에 움직이는 마른 잎들이 수북이 쌓여 있다.

(엘리사는 테라스에 있다. 서글픈 표정으로. 머리는 바람에 헝클어진 채 현관문 기둥에 기대어 서 있다. 잠시 후 오른쪽으로 후아나와 카를로스가 팔짱을 끼고 들어온다. 서로에게 걱정스러운 기분을 감추려 하지만 소용없다.)

카를로스 후아나…….

후아나 말해봐.

카를로스 너 요즘 무슨 일 있어?

후아나 아무 일 없어.

카를로스 부정하려고 애쓰지 마. 네가 이런 지 벌써 꽤 됐어…….

후아나 (명랑한 척하며) 이런 게 어떤 건데?

카를로스 어떠냐 하면…… 불안해 보여.

(가운데 있는 팔걸이 의자 중 하나에 앉는다. 후아나가 그 옆의 소파에 앉는다.)

후아나 아무것도 아냐…….

(침묵.)

카를로스   우리는 항상 서로의 고민거리를 이야기하곤 했잖아…… 너의 고민
거리를 나에게 이야기하지 않을래?

후아나   나는 고민거리가 없는데.

(침묵.)

카를로스   (그녀의 한쪽 손을 어루만지며) 아냐. 너는 있어, 나도 있고.

후아나   너도? 너도 고민거리가 있다고? 왜?

카를로스   이그나시오가 만들어낸 상황 때문에.

(침묵.)

후아나   심각하다고 생각해?

카를로스   너는? (미소지으며) 나한테는 솔직해봐…… 항상 그랬잖아.

후아나   어떻게 생각해야 할지 모르겠어…… 나한테도 책임이 있다는 생각
이 들어.

카를로스   (억양에 변함없이) 책임이 있다고?

후아나   응. 개강하던 날 그가 이곳을 떠나려 할 때 가지 않도록 설득했다고
내가 말했잖아. 그런데 지금은 그때 그냥 놔두는 것이 더 나았을 거라
는 생각이 들어.

카를로스   그것이 더 나았겠지. 그러나 아직 이 일을 해결할 수 있어, 안 그래?

후아나   어쩌면.

카를로스   같은 이야기를 어제 돈 파블로에게도 했어…… 그가 너무 괴로워해.
나한테 구체적으로 이야기하지는 못했지만 자기가 우려하는 바를 말했
어…… 학생들이 더 소심해지고, 자신감이 없는 것 같다고 해. 공부에

대한 열기도 훨씬 덜하고…… 그에게 용기를 주려고 했지. 그가 너무 망설이는 것 같아 가슴이 아파. 가슴 아프고…… 그리고 아주 이상한 느낌이 들어.

후아나 아주 이상한 느낌이라고? 무슨 느낌?

카를로스 말할 용기가 안 나…… 나에게는 너무나 새로운 느낌이야…… 경멸하고 싶은 느낌이랄까…….

후아나 카를로스!

카를로스 어쩔 수가 없었어. 아! 그리고 엘리사가 요즈음 왜 이상한지, 미겔린과 싸웠는지도 물었지. 미겔린을 생각해 자세히 이야기하지는 않았어.

후아나 불쌍한 엘리사! 식사할 때 그녀가 거의 먹지 않는 것을 느꼈어. (사이) 이 근처에 없는 것이 이상하네.

(비록 그들의 대화를 못 들을 정도로 멀리 있지는 않지만 엘리사는 그 이야기를 못 듣는다. 그녀는 생각에 잠겨 있다. 그들 역시 그녀의 존재를 눈치채지 못한다. 맹인들 사이에 연결의 끈이 더 이상 존재하지 않는 것 같다.)

카를로스 늦었어. 이곳에 곧 다들 모여들 거야. 분명히 그녀는 외진 곳에 숨어 있을 거야. (갑자기 흥분해서) 그리고 그녀를 위해서, 우리 모두를 위해서, 바보 같은 미겔린을 위해서 이 일을 수습해야 해.

후아나 어떻게?

카를로스 이그나시오는 진실함과 부드러움이 다 필요 없다는 것을 보여줬지. 그는 냉담하고 무뚝뚝해…… 그는 병자야! 우리의 우정을 사악함으로 갚았어.

후아나 그는 불안한 거야. 내면의 평화가 없지…….

카를로스 그에게는 평화도 없고, 또 원하지도 않아. (무거운 침묵) 그에게는 전쟁이 있을 뿐이야.

후아나　(갑자기 일어서서 불안한 듯 걷는다.) 전쟁? (무대 앞쪽에서) 너는 너무나도 끔찍한 단어를 말했어…… 항상 부드러운 것이 가장 좋은 것이 아니겠어?

카를로스　너는 이그나시오를 몰라. 그는 사실 겁쟁이야. 그와 싸워야 해. 그가 이곳에 왔을 때 우리가 그에게 용기를 주지 못하고 그가 우리를 분열시켜놓을지 누가 알았겠어! 왜냐하면 지금은 우리가 불리하거든, 후아나. 그는 우리가 상상하지 못했던 전염시키는 힘을 가지고 있어.

후아나　한때 나는 그에게 애인을 찾아주려고 했어……, 그러나 찾아주지 못했어. 굉장히 좋은 해결 방법이었을 텐데!

카를로스　그것도 안 돼. 이그나시오는 한 여자가 변화시킬 수 있는 사람이 아냐. 너도 알다시피 그는 여학생들에게 둘러싸여 있어…… 그녀들은 마치 자석에 끌리듯 그에게 다가가지. 그런데 그는 그녀들을 무시해. 우리에게는 한 가시 실밖에 없어. 논리적으로 그의 권위를 추락시키는 거야, 그의 동료들이 그를 달갑지 않게 생각하도록. 이곳에서 떠나도록 하는 거지.

후아나　학교로서는 너무나 큰 실패야!

카를로스　실패라고? 옳은 것은 실패하지 않아. 그리고 우리는 옳아.

후아나　(후회하며) 그래…… 그래도 애인이라면 그를 변화시킬 수 있을 텐데.

카를로스　(다정하게) 이리 와봐…… 이리 와! (그녀는 천천히 다가간다. 그가 그녀의 두 손을 잡는다.) 나의 사랑스러운 후아나. 나는 너의 착한 마음이 좋아. 네가 의사였다면 항상 메스 대신 약물을 썼을 거야. (후아나는 미소지으며 소파에서 몸을 기울여 그에게 입맞춘다.) 후아나, 싸울 사람은 이제 우리 둘밖에 안 남았어. 너는 포기하지 마.

(침묵.)

후아나 왜 그런 말을 하지?

카를로스 아무 이유도 없어. 그냥 지금 나는 그 어느 때보다 네가 필요해.

(안쪽에서 이그나시오와 세 명의 학생이 들어온다. 이그나시오는 자신의 지팡이를 계속 가지고 있고 더 단정치 못해 보인다. 넥타이를 매지 않았다.)

안드레스 이그나시오, 여기.

(왼쪽에 있는 의자로 데리고 간다.)

이그나시오 여자 아이들도 오는 거야?

알베르토 안 들리는데.

이그나시오 다행이네. 걔네들은 참을 수가 없어.

안드레스 걔네들 때문에 신경 쓰지 마. 와, 앉아. (담뱃갑을 꺼내며) 담배 한 대 피워.

이그나시오 싫어, 고마워. (앉는다.) 뭐 하러 담배를 피워? 앞을 보는 사람들을 흉내내려고?

안드레스 네 말이 맞아. 첫 담배는 그 이유로 피우지. 불행은 그후에 습관이 된다는 것이지. 너희들도 받아.

(다른 학생들에게 담배를 주고 앉는다. 각자 성냥으로 불을 붙이고 성냥을 재떨이에 버린다. 카를로스의 손이 의자 위에서 떨리고 후아나는 소파에 앉는다.)

46

카를로스	(약간 위협적으로) 좋은 오후야. 잘들 지냈어?
이그나시오, 안드레스, 알베르토	(마지못해) 안녕.
페드로	안녕, 카를로스. 여기서 뭐 하니?
카를로스	나 여기에 후아나와 같이 있어.

(이그나시오가 고개를 든다.)

이그나시오	여기는 참 쾌적한데. 아주 아름다운 가을이야.
안드레스	아직 좀 이르지. 햇빛이 테라스를 비추잖아.
페드로	그건 그렇고, 이그나시오, 네 이야기를 계속해봐.
이그나시오	어디까지 이야기했지?
알베르토	네가 걸려 넘어졌을 때까지 이야기했지.
이그나시오	(느긋하게 앉아서 한숨을 쉰다.) 그래. 계단을 내려가다 그랬지. 분명히 너희들에게도 그런 경험이 있었을 거야. 계단을 세면서 내려가 다 끝났다고 생각하고 자신 있게 발을 옮겼는데 헛디디는 거지. 나는 헛디 뎠고 가슴은 철렁했지. 서 있을 수가 없었어. 다리가 솜 같았거든. 여자 아이들은 깔깔거리고 웃고 있었어. 나쁜 의도가 없는 순진한 웃음이었 지. 그러나 나에게는 너무 잔인했어. 얼굴이 타오르는 것을 느꼈지. 여 자 아이들은 웃음을 멈추려고 애썼지만 그러지 못하고 다시 웃기 시작 했어. 여자들이 가끔 웃음을 멈추지 못하는 것을 너희들도 느낀 적 있 지? 안절부절못하면서, 그녀들도 웃음을 멈추지 못했어⋯⋯ 나는 거 의 울 지경이었어. 나는 그때 열다섯 살이었거든. 그때 계단에 앉아 곰 곰이 생각했지. 처음으로 내가 왜 장님이고, 왜 장님들이 있는지에 대 해서 이해하려고 했어. 대부분의 사람들이, 우리보다 못 한 자들이, 특

별한 실력도 없으면서, 그들의 눈에서 나오는 신비한 힘으로 우리가 저항할 수 없게 우리의 몸을 에워싸고 경직시킨다는 것이 증오스러워. 신은 우리에게 멀리 있는 사물들을 감지하는 능력을 주지 않아서, 단지 그 이유만으로 우리는 항상 밖에 사는 저들 밑에 있지. 우리 부모님들 시대에 길목에서 동냥을 하며 맹인들이 부르던 노래 「시력만한 복은 없다네」는 너희들의 느긋한 학교 생활과는 어울리지 않을지 몰라. 그러나 나는 그 노래가 훨씬 더 진실하고 소중하다고 생각해. 왜냐하면 그들은 우리하고는 달랐거든. 자신들이 정상이라고 믿는 어리석은 짓은 하지 않았으니까.

(이그나시오의 이야기를 듣고 있던 카를로스의 얼굴이 분노로 점점 더 일그러진다. 후아나의 얼굴에 공감하는 빛이 보인다.)

안드레스   (조심스럽게) 어쩌면 네 말이 맞는지 몰라…… 나도 그런 일에 대해서 많이 생각해봤어. 우리는 시력이 없다는 이유로 멀리 있는 것에 대한 감지 능력도 없을 뿐만 아니라 즐거움도 그만큼 얻지 못해. 분명히 아주 멋있는 즐거움일 텐데. 너는 그것이 어떤 것일 것 같아?

(쾌활한 분위기를 완전히 잃지 않은 미겔린이 테라스 왼쪽에서 나타난다. 엘리사 옆을 지나가지만 그녀를 느끼지 못하고, ─그녀는 약간 두려운 듯 움직인다─ 마침 이그나시오의 말을 들을 수 있는 순간에 안으로 들어온다.)

이그나시오   (자신만이 느낄 수 있는 격렬한 갈망의 손짓을 하며, 자신의 느낌을 무의식적으로 강조한다.) 내 생각에는 눈으로 계속 들어오는 간지럼 같은 것이 우리의 신경과 내장을 휘젓는 느낌일 것 같아…… 그래서 우리를 더 편안하고 더 기분좋게 하는.

안드레스   (한숨 쉬며) 그럴 거야.

미겔   안녕, 얘들아!

(엘리사가 테라스에서 고개를 들더니 손을 가슴에 얹고 다가가기 시작한다.)

페드로   안녕, 미겔린.

안드레스   보는 즐거움이 어떤 것이라고 생각하는지 말할 시간에 맞춰서 왔네.

미겔   아! 그건 이그나시오가 말한 것하고는 많이 다르지. 그런데 그런 것은 하나도 중요하지 않아. 왜냐하면 오늘 아주 좋은 생각이 떠올랐거든. 너희들 웃지 마! 들어봐. 우리는 앞을 못 보지. 좋아. 우리가 시력이 뭔지 아나? 모르지. 그러니까 시력은 뭔지 모르는 거야. 그리고 앞을 보는 사람도 시력이 뭔지 모르고, 그러니까 결과적으로 보지 못하는 거야.

(이그나시오를 빼고 다들 깔깔거리며 웃는다.)

페드로   그들이 보지 못한다면 뭘 하는데?

미겔   이 바보들아, 웃지 마. 그들이 뭘 하냐고? 그들은 모두 공동으로 환상을 보는 거야. 다 환상의 장난이지. 이 미친 세상에서 유일한 정상인들은 우리뿐이야.

(다시 한번 웃음이 터진다. 미겔린도 같이 웃는다. 엘리사는 괴로워한다.)

이그나시오   (그의 깊고 우울한 목소리가 다른 이들의 웃음을 잠재운다.) 미겔린은 해결책을 찾았지만 말도 안 되는 거야. 시력이 존재한다는 것을 우리가 알지 못한다면 편하게 살 수 있겠지. (한숨 쉰다.) 따라서 너의 발견은 효력이 없어.

미겔   (갑자기 목소리가 우울해지며) 하지만 정말 우습지 않아?

이그나시오   (미소지으며) 그래. 너는 항상 웃음 속에 너의 어쩔 수 없는 불행을 감추곤 하지.

(미겔린의 심각함이 고조된다.)

엘리사   (더 이상 참지 못하고) 미겔린!

후아나   엘리사!

미겔   (느긋하게) 저런, 후아나! 너 여기 있었어? 그럼 카를로스는?

카를로스   나도 여기 있어. 그리고 너희가 허락한다면 (의자 위에 있는 후아나의 손을 침묵하라는 표현으로 지그시 누르며) 너희들과 함께 앉을게.

(그룹의 왼쪽에 앉는다.)

엘리사   미겔린, 내 말 좀 들어봐! 운동장에서 좀 걷지 않을래? 바깥 날씨가 아주 좋은데. 어때?

미겔   (무뚝뚝하게) 엘리시타, 나는 방금 그곳에서 오는 길이야. 그리고 이 이야기는 아주 흥미로워. 왜 후아나와 같이 앉지 않니?

후아나   이리 와, 엘리사. 여기 의자가 하나 있어.

(엘리사는 한숨을 쉬며 아무 말도 하지 않고 후아나 옆에 앉는다. 이그나시오와 카를로스 사이의 대화가 그녀들의 관심을 끌 때까지 후아나는 실망감에 젖어 있는

엘리사를 다독거리며 편안하게 해준다.)

알베르토 카를로스, 우리가 한 말 다 듣고 있었어?

카를로스 응, 알베르토. 매우 재미있었어.

안드레스 너는 이 일을 어떻게 생각해?

카를로스 (신중한 어조로) 이해가 안 되는 것이 몇 군데 있어. 너희들도 알다시 피 나는 실질적인 사람이잖아. 너희들의 그런 말들의 끝이 어디일까? 그 부분을 나는 이해할 수가 없어. 더군다나 그 속에는 불안과 슬픔밖에 없는데.

미겔 잠깐만! 웃음도 있었지…… (무의식적으로 다시 우울해지며) 이 불쌍한 자의 어쩔 수 없는 불행으로 비롯된.

(웃음.)

카를로스 (점점 더 확고한 어조로) 이런 말을 해서 미안하지만 가끔 너는 전혀 재미있지 않아. 그건 그렇고. (낭랑하게) 너, 이그나시오, (카를로스의 어조에 이그나시오가 긴장한다.) 너한테 물어보고 싶어. 네가 하고자 하는 말은 우리 앞을 못 보는 사람들은 앞을 보는 사람들과는 다른 세상에 살고 있다는 말인가?

이그나시오 (놀란 듯 목이 잠긴다.) 저…… 내가 하고자 하는 말은…….

카를로스 (자르듯) 아니, 네가 그 말을 하려고 했지. 그렇다는 거야, 아니라는 거야?

이그나시오 그렇다면…… 그래. 다른 세상이지…… 훨씬 불행한.

카를로스 그건 그렇지 않아! 우리 세상과 그들의 세상은 같아. 우리라고 그들처럼 공부하지 않나? 우리가 그들만큼 이 사회에 쓸모가 있지 않나?

우리라고 우리들의 소일거리가 없나? 우리라고 운동을 안 하나? (사이) 우리가 그들처럼 사랑하고 결혼하지 않나?

이그나시오 (부드럽게) 앞을 못 보지.

카를로스 (격하게) 그래, 못 보지! 그러나 그들은 외팔이고, 절름발이이고, 불구야. 신경 쇠약 아니면 심장이나 신장이 안 좋든지…… 또 폐결핵으로 스무 살 정도에 죽거나, 전쟁에서 죽지 않으면…… 배고파서 죽지.

알베르토 그 말이 맞아.

카를로스 당연히 맞지. 불행은 인간들 사이에 아주 널리 퍼져 있어. 그러나 우리는 이 세상에서 소외되지 않았어. 확실하게 증명해줄까? 우리들과 앞을 보는 사람과의 결혼이 그걸 말해줘. 요즘은 매우 흔하고, 앞으로는 하나의 본보기가 될 거야…… 네가 말한 것처럼, 울먹거리며 '시력만한 복은 없다네' 하고 찬송을 부르는 대신 우리가 진작 이렇게 생각했다면 훨씬 좋은 결과를 얻었을 거야. (다른 사람들에게 엄하게) 그리고 이미 오래전부터 이곳에 있던 너희들이 이 사실을 의심한다는 것이 이상해. (사이) 이그나시오가 의심하는 것은 이해할 수 있어…… 아직 우리의 삶이 얼마나 위대하고, 자유롭고 아름다운지 모르니까. 아직 자신감이 없고, 지팡이 버리는 것을 두려워하니까…… 이젠 바로 너희들이 그가 자신감을 가지도록 도와줘야 돼!

(침묵.)

안드레스 이 말에 대해 어떻게 생각해, 이그나시오?

이그나시오 카를로스의 논리는 너무 약해. 그리고 이 대화는 마치 결투 같아. 이제 그만 하면 안 될까? 나는 너를 존경해, 카를로스. 그래서…….

페드로 아냐, 아냐. 너는 그의 말에 대답해야 해.

이그나시오 그건…….

카를로스 (승리한 줄 알고 빈정거리며) 걱정하지 마, 이 사람아. 대답해봐. 해결되지 않은 문제보다 께름칙한 것은 없지.

이그나시오 불행히도 중요한 문제들은 쉽게 해결되지 않는다는 사실을 잊었구나.

(일어나 그룹에서 멀어진다.)

안드레스 가지 마!

카를로스 (인정을 베풀듯) 놔둬, 안드레스…… 이해할 수 있어. 이그나시오는 아직 자신에 대한 믿음이 없어…….

이그나시오 (오른쪽 둥근 테이블 옆에서) 그래서 나는 내 지팡이가 필요하고, 안 그래?

카를로스 스스로 인정하네…….

이그나시오 (소리 없이 둥근 테이블 위의 재떨이를 집어서 재킷 속에 넣으며) 우리 모두가 부딪치지 않기 위해 필요하지.

카를로스 너를 부딪치게 하는 것은 두려움과 무기력이야. 너는 한평생 그 지팡이를 가지고 다닐 것이고, 언젠가는 부딪칠 거야. 너도 우리처럼 용기를 가져봐! 그럼 부딪치지 않아!

이그나시오 너는 너 자신을 너무 믿는구나. 언젠가 너도 부딪쳐서 많은 상처를 입을지 모르지…… 네가 생각하는 것보다 훨씬 빠르게. (사이) 그건 그렇다 치고, 나는 가려고 한 게 아니야. 너에게 대답하려고 하는데, 다들 내가 걸으면서 할 수 있게 해줘…… 이렇게 하면 생각을 더 잘할 수 있으니까. (둥근 테이블의 다리를 잡아 들어올린 채로, 지팡이로 소리를 내며 무대 한복판으로 걸어간다. 그곳에 소리를 내지 않고 살며시 내려놓는다.) 네가 하고자 하는 얘기는, 카를로스, 우리는 자신을 가질 용기가 필요하다는 것이고, 그리고 우리의 삶이나 앞을 보는 사람들의 삶이 같다는 것을 말하고 싶어하는 것 같은데…….

카를로스   바로 그거야.

이그나시오   너는 너무 믿고 있어. 너의 확신은 허황한 것이야…… 아주 작은 부딪침에도 저항하지 못할걸. 너는 나의 지팡이를 비웃지만, 이 지팡이는 내가 지금 하고 있는 것처럼, 장애물 걱정을 안 하고 이곳을 거닐 수 있게 해주지.

(오른쪽 앞으로 가서 돌아선다. 둥근 테이블은 정확히 카를로스와 이그나시오의 일직선에 놓여 있다.)

카를로스   (웃으며) 무슨 장애물? 여기엔 아무것도 없는데. 네가 얼마나 겁이 많은지 알겠니? 우리가 하는 것처럼 네가 아무 두려움 없이 물건들의 위치를 아는 것을 이용한다면, 너는 그 막대기를 버릴 거야.

이그나시오   나는 부딪히기 싫어.

카를로스   (흥분하며) 너는 부딪힐 수 없어! 이곳에선 모든 것을 예측할 수 있어. 이 건물에는 우리가 모르는 곳이 한군데도 없어. 물론 지팡이가 거리에서는 괜찮지만, 이곳에서는…….

이그나시오   이곳에서도 필요해. 우리들이, 불쌍한 장님들이 어떻게 우리 주위에서 노리고 있는 것들을 알 수 있겠어?

카를로스   우리는 불쌍하지 않아! 그리고 우리는 그 사실을 잘 알아. (이그나시오가 가식 없이 웃는다.) 웃지 마!

이그나시오   미안해. 그렇지만 너의 그 낙관주의는 너무 어리석은 것 같아…… 예를 들어, 내가 너에게 내가 서 있는 곳까지 뛰어오라고 하면 너는 두려움 없이 할 수 있다는 것을 우리에게 믿게 하고 싶은 거지?

카를로스 (벌떡 일어나며) 당연하지! 한번 해볼까?

(침묵.)

이그나시오 (정중하게) 그래, 부탁이야. 아주 빠르게, 잊지 말고.

카를로스 지금 당장 갈게!

(모든 장님들이 듣기 위해 고개를 내민다. 카를로스는 빠른 걸음으로 걷는다. 그러나 갑자기 얼굴에 불안한 기운이 돌며, 양팔을 앞으로 뻗고 속도를 늦춘다. 바로 테이블을 감지하자 그의 얼굴에는 증오의 빛이 역력해진다.)

이그나시오 굉장히 천천히 오는데.

카를로스 (테이블을 돌아서 주먹을 불끈 쥐고 이그나시오에게 다가간다.) 안 그래. 나는 이미 여기에 와 있잖아.

이그나시오 너는 멈칫거렸어.

카를로스 절대 아냐! 너의 그 두려움이 부질없다는 것을 설득시킬 수 있다는 확신을 갖고 왔지. 그리고…… 너는…… 이 길목에 그 어느 장애물도 없다는 것을 알았겠지?

이그나시오 (승리감에 젖어) 그러나 너는 두려워했어. 부정하지 마! (다른 학생들에게) 그는 두려워했어. 너희들은 그가 망설이고 멈추는 것을 못 들었니?

미겔 카를로스, 인정할 건 인정해. 우리 모두 느꼈어.

카를로스 (얼굴이 상기돼서) 그러나 두려움 때문은 아니었어. 갑자기 뭔가 생각났어…….

이그나시오　뭐? 장애물이 있을 수 있다는 것? 그것이 두려움이 아니라면, 다른 이름으로 불러봐.

미겔　이그나시오에게 한 점.

카를로스　(감정을 억제하며) 그래. 두려움은 아니었어. 그러나 설명할 수 없는 그 무언가가 있었어. 이 실험은 무효야.

이그나시오　(친절하게) 그렇게 해주는 데 이의 없어. (말을 하며 다시 앉으려고 그룹에 다가간다.) 그런데 나는 아직 너의 논증에 대답을 해야 돼⋯⋯ 그래, 우리는 공부를 하지. (모두에게) 앞을 보는 사람들이 공부하는 것의 10분의 1 정도를. 운동도 하지⋯⋯, 남들 하는 것의 10분의 9를 뺀 정도를. (만족한 듯이 앉는다. 무대 앞쪽에 부동 자세로 서 있던 카를로스가 감정을 억누르려고 팔짱을 낀다.) 그리고 사랑에 대해서는⋯⋯.

알베르토　그것은 부정하지 못할걸.

이그나시오　사랑은 아주 아름다운 것이지. 예를 들면 카를로스와 후아나의 사랑. (불안한 듯 언쟁을 지켜보던 후아나가 흠칫한다.) 하지만 그 아름다움은 앞을 보는 사람들에게는 슬픈 패러디에 불과해. 왜냐하면 그들은 사랑하는 사람을 완전히 소유해. 그들은 한 번에 모든 것을 말할 수 있어. 하지만 우리는 부분부분 소유할 뿐이고⋯⋯ 한 번의 애무, 짧은 속삭임⋯⋯ 사실 우리는 사랑하는 게 아니야. 우리는 서로 동정하고 그 동정심을 포장하기 위해 사랑이라 부르는 즐거운 바보짓을 하지. 포장하지 않으면 우리는 더 잘 알 수 있을 텐데.

미겔　이그나시오에게 또 한 점!

카를로스　(흥분을 눌러 참으며) 매우 중요한 질문에는 답을 안 한 것 같은데⋯⋯.

이그나시오　그럴지도 모르지.

카를로스　앞을 보는 자와 앞을 못 보는 자와의 결혼이 우리 세계와 그들의 세계가 같다는 것을 증명해주는 것 아닌가? 우리가 느끼는 사랑과 우리에게 느끼게 하는 사랑이 패러디가 아니라는 것을 증명해주는 것이 아닌가?

이그나시오 순전히 동정심이지, 남들이 느끼는 것 같은.

카를로스 너는 감히 돈 파블로와 도냐 페피타가 사랑하지 않았다고 말할 수 있어?

이그나시오 하, 하, 하! 나는 내가 한 말들이 그 누군가에 의해 잘못 해석되는 것을 원치 않는데…….

안드레스 우리 모두 조심할 것을 약속할게.

(도냐 페피타가 유리를 통해 학생들을 보며 테라스 오른쪽에서 현관을 향해 걸어오다가 자신의 이름을 듣고 멈춰 선다.)

이그나시오 카를로스가 꿈꾸는 곳에서는 그가 현실을 직시하도록 하지 않지. (카를로스에게) 그래서 너는 방문자들을 통해 우리 모두가 알고 있는 중요한 사실을 모르고 있어. 매우 중요한 사실을. 도냐 페피타와 돈 파블로는…… 돈 파블로는 지팡이가 필요해서 결혼한 거야. (자신의 지팡이로 바닥을 두드린다.) 그러나 그것보다도 더 중요한 이유는, 우리 장님들은 이해하지 못하지만 앞을 보는 사람들에게는 너무나도 중요한 그 이유는…… 도냐 페피타가 너무 못생겼다는 거야!

(침묵. 그 사실이 점차 이들을 만족시킨다. 소리 죽여 웃다가 나중에는 큰 소리로 깔깔거리며 웃는다. 화가 난 카를로스는 무슨 말을 해야 할지 모른다.)

미겔 이그나시오에게 한 점 더 추가!

(웃음소리가 격렬해진다. 카를로스는 양손을 맞잡아 비틀고, 후아나는 양손으로 머리를 감싸고 생각에 잠긴다. 고개를 떨구었던 도냐 페피타가 마음을 가다듬고 끼어든다.)

도냐 페피타　(상냥하게) 안녕, 학생들! 다들 기분좋은 것 같네요. (그녀의 목소리에 웃음이 뚝 그친다.) 미겔린의 농담이었겠죠…… 아니었나?

(다들 일어난다. 몇 사람이 다시 한번 웃음을 억누른다.)

미겔　알아맞히셨네요, 도냐 페피타.

도냐 페피타　그랬다면 모두의 시간을 빼앗은 이유로 너를 혼내야겠어. 3시가 다 됐는데 아직 운동하러 가지도 않았잖아. 스케이트 대회에서 우리 학교의 이름을 도대체 몇 위에 올려놓으려고? 가자! 다들 운동장으로!

미겔　죄송합니다.

도냐 페피타　용서해줄게요. 스케이트장에서 잘해요. 그리고 너희들, 아가씨들은 나와 함께 테라스에 가서 맑은 공기를 마셔요. (학생들은 웃음을 억누르며 테라스를 향해 일렬로 가서 왼쪽으로 사라진다. 카를로스, 이그나시오, 후아나와 엘리사는 남아 있다. 도냐 페피타가 유난히 다정하게 카를로스에게 다가간다. 카를로스는 그녀가 학교에서 가장 아끼는 학생이다. 어쩌면 돈 파블로와의 사이에서 갖지 못한 자신의 아들처럼…… 어쩌면 그녀는 자신도 모르게 그를 사랑하고 있는지 모른다.) 카를로스, 돈 파블로가 너와 이야기하고 싶어하는데.

카를로스　지금 갈게요, 도냐 페피타. 이그나시오와 하던 이야기 마저 끝내고요.

도냐 페피타　그리고, 너 이그나시오는 스케이트 안 타니? 그리고 그 지팡이는 언제 버리려고 하니?

이그나시오 용기가 없어요, 도냐 페피타. 그리고, 뭐 하려요?

도냐 페피타 너의 동료들은 그것 없이도 잘 다니는 것이 안 보이니?

이그나시오 아뇨, 저는 아무것도 안 보이는데요.

도냐 페피타 (냉정하게) 물론이죠. 용서해요. 그냥 일상적인 표현인데…… 아가씨들, 이제 갈까요?

후아나 아무 때나요.

도냐 페피타 (두 아가씨의 허리를 팔로 감으며) 너희들은 이곳에 남고. (다정하게) 돈 파블로를 잊지 말아요, 카를로스.

카를로스 걱정 마세요. 곧 갈게요.

(도냐 페피타와 여학생들은 몸을 기대려고 난간에 다가간다. 도냐 페피타가 스케이트 타는 장면을 생생하게 설명한다. 이그나시오는 다시 앉는다. 사이.)

이그나시오 말해봐.

(카를로스는 아무 말도 하지 않는다. 테이블에 다가가서, 일부러 소리를 내며 제자리에 갖다 놓는다. 그후 그는 이그나시오와 마주 선다.)

카를로스 (냉정하게) 재떨이는 어디 있지?

이그나시오 (미소지으며) 아! 잊어버렸어. 이것 받아.

(재떨이를 내민다. 카를로스는 허공을 더듬다가 와락 붙잡는다.)

카를로스 네가 눈치챘는지 모르겠지만, 나는 지금 너를 공격하려고 해.

이그나시오   네가 아무리 그래도 네 논리는 맞지 않을 텐데.

(카를로스는 참는다. 그후 그는 재떨이를 큰 소리 나게 제자리에 내려놓고 이그나시오의 곁으로 온다.)

카를로스   (숨을 내쉬며) 내 말 좀 들어봐, 이그나시오. 우리 솔직하게 이야기하자. 그리고 서로를 가장 이해하려는 마음으로.

이그나시오   네 말 잘 알아들었어.

카를로스   내 말은 실제로 그러자는 말이지.

이그나시오   그건 그렇게 쉽지 않을 것 같은데.

카를로스   알았어. 하지만 그럴 필요가 있다고 생각하지 않니?

이그나시오   왜?

카를로스   (조급함을 억누르며) 내 말을 설명하려고 노력해볼게. 너는 너의 비관주의를 버리려고 하지 않는 것 같으니까. 나는 그것을 존중해. 그러나 그것을 다른 사람들에게 전염시키려는 것은 옳지 않다고 생각해. 네가 무슨 권리로?

이그나시오   나는 다만 솔직하려 하고, 네 말대로 전염을 시키려 한다는 것은 단지 각자의 정직함을 일깨워주는 것이지. 그리고 그것은 매우 유익한 것 같아. 왜냐하면 이곳에는 매우 부족했거든. 너도 나에게 말해줄래? 도대체 너는 무슨 권리로 항상 즐거움, 낙관주의와 그렇고 그런 것들을 요구하는지?

카를로스   이그나시오, 그 일들은 매우 다른 거야. 내 말은 우리의 동료들이 비교적 행복한 삶을 살 수 있도록 도와줄 수 있어. 그러나 너의 말은 파괴할 뿐이야. 그들을 절망으로 몰아가고, 그들의 공부를 포기하도록 하지.

60

(도냐 페피타가 테라스에서 스케이트를 타고 있는 학생들에게 외친다. 이그나시오와 카를로스는 말을 중단하고 듣는다.)

도냐 페피타　너는 벌써 두 번 넘어졌어, 미겔린! 그러면 안 돼. 그리고 너, 안드레스, 왜 그래? 왜 달려들지 않는 거야?…… 왜 그러지. 또 한 명 넘어졌네. 너희들은 날이 갈수록 자신을 잃어…….

카를로스　저 말 들려?

이그나시오　그래서?

카를로스　다 네 탓이라고!

이그나시오　내 탓?

카를로스　네 탓, 이그나시오! 나는 친구로서 너에게 생각해보라고 부탁하고 싶어…… 그리고 이 학교가 문을 닫거나 문제가 생기는 일이 없도록 협조해주있으면 해. 이선 우리 모두에게 중요한 일이라고 생각해.

이그나시오　나는 상관없어! 이 학교는 거짓 위에 세워져 있으니까.

(여학생들의 어깨 위에 손을 얹은 도냐 페피타가 그녀들에게 다정하게 입맞추고 테라스의 오른쪽으로 간다. 후아나와 엘리사는 어깨를 나란히 한다.)

카를로스　무슨 거짓말?

이그나시오　우리들이 정상인이라는.

카를로스　이제 그 이야기는 그만 하자.

이그나시오　(일어나며) 더 이상 아무것도 이야기하지 말자. 너와 나 사이에 의견 일치는 있을 수가 없어. 나는 하고 싶은 말을 할 거고, 내가 얻을 수 있는 그 어떤 것도 내 앞에 나타나면 포기하지 않겠어. 그 어떤 것도!

카를로스 (두 손을 깍지 낀다. 참는다.) 좋아. 그럼 잘 있어.

(빠르게 오른쪽으로 나간다. 이그나시오는 혼자 남는다. 쓸쓸하게 「월광」의 아다지오를 휘파람 분다. 잠시 후 양손을 지팡이에 올려놓고 고개를 떨군다. 사이. 로리타가 테라스에 들어온다. 잠시 후, 에스페란사도 들어온다. 서로의 발소리를 듣고 얼굴이 밝아진다. 서로를 확인할 정도로 다가가서 거의 동시에 외친다.)

로리타 이그나시오!
에스페란사 이그나시오!

(그는 움직이지 않고 대답도 하지 않는다. 그녀들은 실망해서 부끄러운 듯 웃는다.)

로리타 여기에도 없네.
에스페란사 (슬픈 듯) 우리를 피해.
로리타 그런 것 같아?
에스페란사 우리와 마지못해 이야기는 하지만…… 우리를 무시해. 우리가 그를 이해하지 못하는 것을 그는 알아.
로리타 다른 여자가 있는 건 아닐까?
에스페란사 그랬으면 우리가 알았겠지.
로리타 누가 알아! 하도 굳게 닫혀 있어서…… 어쩌면 여자가 있을지도 모르지.
에스페란사 거실에 가서 찾아보자.
로리타 그래 가자.

(그를 부르며 왼쪽으로 나간다. 사이. 후아나와 엘리사는 테라스에서 다투고 있다. 엘리사는 매우 흥분해 있다. 흡연실에 들어가려고 후아나가 잡는 것을 뿌리치려 한다.)

엘리사   (아직 테라스에서) 나 좀 놔줘! 이젠 이그나시오가 지긋지긋해.

(후아나를 뿌리치고 현관으로 들어선다. 이그나시오는 고개를 든다.)

후아나   (그녀의 뒤를 따르며) 진정해. 여기 앉아봐.

엘리사   싫어!

후아나   앉아봐…….

(그녀를 소파에 앉히고 그녀 옆에 앉는다.)

엘리사   그를 증오해! 그를 증오해!

후아나   잠깐만, 엘리시타. (목소리를 높이며) 여기 누구 있어요?

(이그나시오는 대답을 하지 않는다. 후아나가 친구의 손을 잡는다.)

엘리사   그를 얼마나 증오하는지 모르겠어.

후아나   남을 증오하는 것은 좋지 않아…….

엘리사   나에게서 미겔린도 빼앗아갔고 우리 모두에게서 평화를 빼앗아갈 거야. 아, 나의 미겔린!

후아나   돌아올 거야. 걱정하지 마. 그는 너를 사랑해. 사실 아무 일도 없었고! 어쩌면 요즈음 약간 무관심했을 거야…… 왜냐하면 미겔린은 항상 새로운 일에 관심이 많았으니까. 그에게 이그나시오는 한번 스쳐 지나가는 관심거리일 뿐이야. 결국, 그도 남자잖아! 만약 미겔린이 다른 여자와 바람을 피웠다 해도…… 그래도 그는 너를 계속 사랑할 거야.

엘리사   차라리 다른 여자와 바람을 피웠으면 좋겠어!

후아나   지금 무슨 소리를 하는 거야!

엘리사   그래. 이게 더 나빠. 그 사람이 정신을 빼앗아갔어. 그래서 나는 더 이상 그의 안중에 없는 거야.

후아나   너는 너무 과장하는 것 같아.

엘리사   아냐…… 그런데, 이곳에 아무도 없는 거야?

후아나   없어.

엘리사   내 느낌에…… (사이. 다시 흥분된 억양으로) 내가 첫날 너에게 말했지, 후아나. 그 사람은 사악함으로 가득 차 있다고. 내가 기가 막히게 알았지! 그리고 자신을 따르게 하려고 박해받는 예수 흉내를 내는 모습이란! 남자들은 다 바보야. 그리고 미겔린은 그 중 제일 바보지. 그러나 나는 그를 사랑해.

(조용히 운다.)

후아나   엘리사, 네 말 듣고 있어. 울지 마…….

엘리사   (불안함을 떨치기 위해 일어난다.) 나는 그를 사랑해, 후아나!

후아나   미겔린에게 필요한 건 너의 무관심이야. 그를 너무 쫓아다니지 마.

엘리사   나도 내 자신이 우스워 보이는 걸 알아. 그런데 어쩔 수가 없어.

(수건을 넣으려고 마지막으로 한 번 더 눈가를 닦으며 그녀는 숨을 쉬지 않고 서 있는 이그나시오 옆에 선다.)

후아나   노력해봐! 그러면 그는 돌아올 거야.

엘리사   그 사람이 우리 사이에 있는데 내가 어떻게 할 수 있겠어? 그의 존재
         가 나를 보잘것없이 만들어…… 아! 속 시원하게 그를 한 대 때려주고
         싶어! 그의 의도가 무엇인지 알고 싶어.

(그녀가 공중에서 양손을 깍지 낀다. 그러나 아직 그의 존재를 모르는 그녀가
갑자기 이그나시오를 향해 몸을 돌린다.)

후아나   그에겐 어떤 저의도 없어. 괴로워해…… 그러나 우리는 그의 고통을
         치유해줄지 모르지. 알고 보면 그는 동정해야 될 사람이야.

(후아나의 말이 다시 한번 엘리사의 고개를 돌리게 한다. 아직 아무것도 눈치
채지 못한다.)

엘리사   (후아나에게 다가가며) 너는 그를 너무 동정해. 그는 이기주의자야.
         혼자 괴로워하고 다른 사람들까지 힘들게 하지는 말아야지!

후아나   (미소지으며) 앉아봐, 흥분하지 말고. (일어나서 그녀에게 다가간다.)
         너는 이그나시오가 이기주의자라고 하는데, 그도 괴로워하는데 어떡하
         겠어? 우리도 덜 이기적이 될 필요가 있어. 남의 약점에 대해 관대해질
         필요가 있고, 우리의 따뜻함으로 그들을 감싸줘야 해…….

(침묵.)

엘리사   (갑자기 흥분해서, 후아나의 팔을 잡으며) 안 돼, 후아나! 그건 안 돼!

후아나   (불안해하며) 뭐가?

엘리사   안 돼, 그건 안 돼!

후아나   말해봐! 안 된다니, 뭐가?

엘리사   이그나시오에 대한 너의 호감!

후아나   (불편해하며) 뭐라구?

엘리사   약속해줘. 강해질 거라고! 카를로스의 사랑을 위해 약속해줘! (그녀를 흔들며) 후아나, 약속해줘!

후아나   (차갑게) 바보 같은 소리 하지 마. 나는 카를로스를 사랑하고 아무 일도 없을 거야. 무슨 일이 일어날 수 있다고 생각하는지 모르겠네.

엘리사   모든 일이! 무슨 일이든 다 일어날 수 있어. 그 사람은 나에게서 미겔린을 빼앗아갔고 너도 지금 위험해. 이런 일이 일어나지 않게 막아주겠다고 약속해줘. 카를로스를 두고 맹세해줘.

후아나   (매우 혼란스러워하며) 엘리사, 좀 조용히 해! 네가 그러는 것을 받아들일 수가 없어…….

(그녀에게서 갑자기 떨어지며, 침묵.)

엘리사   (천천히 떨어지며) 아! 내가 너의 제일 친한 친구인데 받아들일 수 없다고. 너 역시 그의 포로가 됐구나. 너는 이미 그의 손 안에 있으면서 알지 못하는 거야!

후아나   엘리사!

엘리사   네가 불쌍해. 그리고 카를로스도 불쌍해. 왜냐하면 그도 내가 고통스러워하는 것만큼 괴로워할 테니까.

후아나   (소리를 지른다.) 엘리사! 너 조용히하든지, 아니면……!

66

(그녀에게 다가간다.)

엘리사   나 좀 혼자 있게 내버려둬. 나의 고통과 혼자 있게 해줘. 싸울 필요가
         없어. 그는 우리 모두보다도 더 강해. 우리에게 모든 것을 빼앗아가고
         있어. 모든 것을! 우리의 우정까지도! 너도 옛날 같지가 않아. 너 같지
         않아!

(엘리사가 울면서 무대 안쪽으로 사라진다. 동요하고 괴로워하는 후아나가 그녀
를 따라갈까 망설인다. 이그나시오가 일어난다.)

이그나시오   후아나. (그녀는 나오려는 비명을 삼키며 이그나시오를 향해 돌아선다.
         그가 다가온다.) 나는 이곳에 있었고 너희들 얘기를 들었어. 불쌍한 엘
         리사! 그녀를 미워하지 않아.
후아나   (떨려옴을 억누르며) 왜 있다고 알리지 않았어?
이그나시오   그것에 대해 후회하지 않아. 후아나! (그녀의 손을 잡는다.) 너는 나
         에게 처음으로 행복한 순간을 주었어. 고마워! 이해해주는 사람이 있
         다는 것이 얼마나 행복한 것인지 네가 안다면! 너는 나를 얼마나 잘 알
         고 있나 몰라! 네 말이 맞아. 나는 많이 괴로워. 그리고 그 괴로움이 나
         로 하여금…….
후아나   이그나시오…… 왜 너 자신을 다스리려고 노력해보지 않니? 네가
         불행을 원하지 않는다는 것은 내가 잘 알아. 그러나 너는 그 불행을 만
         들어가고 있어.
이그나시오   나도 어쩔 수가 없어. 나에게 물어올 때 사람들을 거짓 속에 있게 할
         수 없어. 그들이 살고 있는 거짓의 세계가 나는 끔찍해.
후아나   너는 우리에게 평화를 가지고 온 것이 아니라 전쟁을 가지고 왔어.

이그나시오   내가 너에게 그럴 거라 했잖아…… (넌지시 말하며) 바로 이 자리에
　　　　　　서. 그리고 나는 이기고 있어…… 네가 그걸 원했잖아.

(짧은 쉼.)

후아나   그러면 지금 내가, 너를 위해, 나를 위해, 우리 모두를 위해 떠나달라
　　　　　고 하면?
이그나시오   (천천히) 진정 그걸 원해?
후아나   (매우 약한 소리로) 부탁할게.
이그나시오   아냐. 너는 그걸 원하지 않아. 너는 나의 고통을 너의 이해심으로 덜
　　　　　　어주려 하고 있어…… 그리고 너는 그렇게 할 거야. 나를 이해하고 두
　　　　　　둔해준 너는. 너를 사랑해, 후아나!
후아나   아무 말도 하지 마!
이그나시오   나는 너를 사랑해, 다른 그 누구도 아닌. 너를 사랑해, 첫날부터! 너
　　　　　　의 선함, 너의 매력, 네 목소리의 따뜻함, 네 손의 부드러움…… (뜸을
　　　　　　들이다가) 너를 사랑해. 그리고 네가 필요해. 너도 알잖아.
후아나   부탁이야. 그렇게 말하면 안 돼. 너는 카를로스가…….
이그나시오   (화를 내며) 카를로스? 카를로스는 앞을 보는 사람 때문에 너를 버릴
　　　　　　수 있는 그런 바보야. 그는 우리의 세상이 그들의 세상과 같다고 믿고
　　　　　　있어…… 어쩌면 또 다른 도냐 페피타를 원하는지도 모르지. 그를 돌
　　　　　　봐줄 또 다른 못생긴 도냐 페피타를…… 그는 온전한 여자를 원해. 너
　　　　　　도 나쁘지 않으니까 좋아하는 거고. (뜸을 들인다.) 그러나 나는 여자를
　　　　　　원하는 게 아니야, 나는 장님을 원해! 장님 세계의 장님을, 나를 이해
　　　　　　하는!…… 너. 왜냐하면 너는 진정한 장님만을 사랑할 수 있어, 자신이
　　　　　　정상인이라고 믿는 어리석은 몽상가가 아닌. 네가 사랑하는 사람은 나

야! 너는 나에게 말할 용기가 없고, 스스로 인정할 용기도 없지만……
그럴 수 있다면 너는 유일할 거야. 너는 '너를 사랑해'란 말을 할 용기
는 없지만 내가 너를 대신해서 말할게. 그래, 너는 나를 사랑하는 거야.
너는 지금 그 사실을 느끼고 있어. 너의 흥분된 목소리가 증명하고 있
어. 너는 나의 고민, 나의 슬픔까지도 사랑해. 나와 함께 진실을 마주하
면서, 우리의 불행을 덮으려고 하는 모든 거짓을 뒤로 하고! 왜냐하면
너는 그런 일도 맞설 수 있을 정도로 강하니까. 그리고 착하니까!

(그녀를 열정적으로 끌어안는다.)

후아나　(숨막혀하며) 안 돼.

(이그나시오가 그녀에게 긴 입맞춤을 한다. 후아나는 더 이상 저항하지 않는다.
오른쪽에서 돈 파블로와 카를로스가 들어왔다 놀라며 멈춰 선다.)

돈 파블로　어?

(이그나시오가 후아나를 끌어안은 채 입술을 뗀다. 둘 다 흥분된 상태로 듣는
다.)

카를로스　방금 입맞춤 소리가 났는데…….

(후아나가 양손을 비튼다.)

돈 파블로　(쾌활하게) 예의도 없이! 도대체 이곳에서 구구거리며 사랑에 빠진

비둘기들이 누구지? 벌을 줘야 되겠네! (아무도 대답하지 않는다. 놀란 후아나가 입을 열까 주저한다. 이그나시오가 그녀의 팔을 누른다.) 대답 안 해? (지팡이를 올린 이그나시오는 후아나를 재빠르게 현관 쪽으로 데리고 간다. 그의 걸음걸이에는 망설임이 없다. 그는 새로운 승리에 대한 확신으로 가득 차 있어 보인다. 그녀는 일어나서 실의에 찬 듯 고개를 떨군다. 몹시 흥분되어 거의 끌려가듯이, 뛰듯이 이그나시오의 손에 끌려가는 그녀의 모습이 무대 안쪽 유리를 통해 보인다.)

돈 파블로   (쾌활하게) 갔네! 부끄러웠나 보지?

카를로스   (심각하게) 그런가 보네요.

막 내림.

제3막

기숙사의 작은 홀. 안쪽에는 거대한 유리창이 있고, 커튼은 열려 있다. 그 뒤로는 별이 가득한 밤하늘이 빛나고 있다. 오른쪽에는 문을 가린 커튼이, 왼쪽에는 아주 훌륭한 라디오가 있다. 적당한 자리에 맹인들을 위한 다양한 게임들과 책들이 놓여 있는 책장과 꽃이 담긴 꽃병도 있다. 왼쪽 앞에는 커튼 달린 문이 있다. 앞면 오른쪽에는 체스 테이블 위에 패가 놓여 있고 의자가 두 개 있다. 유리창 아래, 무대 중앙에 소파가 있다. 라디오 옆에는 탁자가 있고, 그 위에는 꺼진 손전등이 있다. 팔걸이 의자들, 탁자들. 중앙등은 켜져 있다.

(엘리사가 소파 오른쪽에 앉아 슬프게 울고 있다. 카를로스는 테이블에 앉아, 근심을 잊으려는 듯 혼자 체스를 두고 있다. 셔츠는 단추를 풀어놓았고 넥타이는 느

슨히 매어져 있다.)

엘리사   우리는 너무 불행해, 카를로스! 너무 불행해! 우리는 왜 사랑에 빠질까? 알고 싶어. (사이) 이제 그가 나를 사랑하지 않는 것을 알겠어.

카를로스   그는 너를 사랑했고 지금도 사랑하고 있어. 이 모든 일이 다 이그나시오 때문이야. 미겔린은 아직 어리거든. 열일곱 살밖에 안 됐잖아, 그리고……

엘리사   그렇지? 나 스스로도 미겔린이 돌아올 거라고 믿으려 하는데…… 그런데 믿을 수가 없어, 카를로스. 믿기가 너무 힘들어! (다시 운다. 진정하며) 나는 참 이기적이지! 너도 힘들어하는데, 나는 너에게 내 괴로움만 이야기하느라고 마음도 써주지 못하네.

(그의 곁으로 가려고 일어난다.)

카를로스   나는 힘들지 않아.

엘리사   너는 힘들어, 그래…… 후아나 때문에 힘들지. (카를로스가 움직인다.) 그 잘난 여우 때문에!

카를로스   차라리 여우짓이었으면 좋겠어.

엘리사   그러면서 힘들지 않다고? (카를로스가 두 손으로 머리를 감싼다.) 불쌍한 것! 이그나시오가 우리 둘을 다 망쳤어.

카를로스   그 어느 누구도 나를 망치지 않았어.

엘리사   내 앞에서는 안 그런 척하지 마…… 나는 너의 고통을 너무나 잘 알아, 내 고통과 같으니까. 후아나가 너에게 관심을 갖지 않는 것이 가슴 아프고, 나처럼. 그리고 더 힘든 것은 확실한 말도 안 한다는 거지…… 끔찍해! 마치 아무 일도 없었던 것처럼 보이는데, 우리 둘은 이 모든 것이 다 끝났다는 것을 알지.

카를로스 (힘있게) 우리는 아무것도 잃지 않았어. 아무것도 잃을 수 없어! 나
는 괴로움을 거부해!

엘리사 너는 나를 놀라게 하는구나!

카를로스 그래. 나는 괴로움을 거부해. 거짓말이야! 내가 후아나 때문에 괴로
워한다고? 나는 그녀 때문에 괴로워하지 않아. 왜냐하면 그녀가 나를
사랑하지 않는 게 아니니까. 알아듣겠어? 나를 사랑하지 않는 게 아니
야. 그래야만 되고, 또 사실 그래.

엘리사 (동정하며) 불쌍한 것!…… 너무 힘들구나…… 울지도 못하고! 울
어, 울어봐, 나같이! 마음을 털어봐!

카를로스 (고집스럽게) 나는 울지 않아. 울고 싶으면 너나 울어! 그러나 잘못
하는 일이야. 너도 이유가 없으니까. 너는 이유가 있어서는 안 돼. 미겔
린은 너를 사랑하고 너에게 돌아올 거야. 후아나도 나를 사랑하지 않는
게 아냐.

엘리사 사실을 인정하지 못하는 너의 용기 부족을 이해해…… 나도 그러고
싶었거든. 아직도 가끔은 그래! 나를 속이는 것. 그러나…….

카를로스 (절망의 끝에서) 그런데 너는 이그나시오가 우리를 이기도록 놔둬서
는 안 된다는 것을 모르겠니? 우리가 그 때문에 괴로워한다면, 그거야
말로 그에게는 승리라는 사실을! 우리는 절대로 그에게 그 어떤 승리
도 안겨줘서는 안 돼. 그 어떤 승리도.

엘리사 (무서워하며) 그래도 우리끼리만 있을 때라면 서로를 동정할 수 있을
텐데…….

카를로스 우리끼리만 있을 때도 그럴 수 없어.

(침묵. 그는 조금씩 고개를 숙인다. 후아나가 문으로 들어온다.)

후아나　　이그나시오? (엘리사가 입을 연다. 카를로스가 조용히하라고 팔을 누른다.) 여기에도 없네. 그 불쌍한 사람은 어디 있을까.

(왼쪽으로 가로질러 가서 문으로 사라진다.)

엘리사　　(흥분해서) 카를로스!

카를로스　조용히해.

엘리사　　뭐! 왜 그래! 너는 정상이 아니야…… 나는 도저히 견딜 수 없었을 것 같아.

카를로스　(미소를 지으며) 아무 일도 없는데, 뭐…… 또 한 사람 늘었어…… 방마다 찾아다니면서 불쌍한 이그나시오를 찾는 또 하나의 여자…… 아무 일도 아니야.

엘리사　　이해할 수가 없어. 네가 절망에 빠져 있는 건지 아니면 제정신이 아닌 건지.

카를로스　둘 중에 그 어느 것도 아니지. 나는 그 어느 때보다도 이성적이야. 그 어느 때도 지금처럼 정신이 맑은 적이 없었어. (그녀의 손을 손바닥으로 가볍게 친다.) 용기를 내, 엘리사! 모든 게 잘 해결될 거야.

(이그나시오와 미겔린이 활기 있게 이야기하며 옆에서 들어온다. 엘리사가 그 소리를 듣고 두 손을 꼭 쥔다.)

이그나시오　모든 여자들이 다 똑같은 것은 아니지. 비록 장님인 그녀들은 서로 많이 다르지 않은 것은 분명하지만…… 몇몇 예외를 빼고는…… 예전에 앞을 보는 아가씨를 알고 있었어…….

미겔   (순간적으로 끼어들며) 앞을 보는 아가씨들은 참 친절하지. 나는 내
       이웃이었던 카르멘이라는 아이를 알고 있었지. 나는 그녀에게 관심이
       없었는데 그녀가 나를 좋아했어…….

이그나시오   그녀가 못생겼는지 아니?

미겔   (주춤하며) 글쎄…… 아니…… 나는 몰랐어.

카를로스   좋은 밤이야, 친구들. 다들 앉지 않겠나?

미겔   (흠칫하며) 카를로스, 너와 얘기하고 싶었어. 나는 왜 너하고 얘기할
       방법을 찾지 못하는지 모르겠어. 엘리사와도 그렇고.

엘리사   (진정하려고 노력하며) 지금은 괜찮은데.

미겔   (마지못해) 저런, 엘리사도 함께 있었네! 엘리사, 잘 있었어?

엘리사   (냉정하게) 잘 있어, 고마워.

미겔   (덤덤하게) 그래! 잘됐네.

카를로스   (매우 또렷하게) 후아나가 너를 찾는 것 같던데, 이그나시오.

(엘리사는 흠칫 놀라서 서 있다.)

이그나시오   (혼란스러워하며) 그래, 몰랐는데…….

카를로스   그래, 너를 찾고 있었어.

이그나시오   (차분하게) 그럴지도 모르지. 서로 할말이 있었거든.

미겔   이봐, 이그나시오. 네가 알고 있던 그 앞을 보던 아이 얘기를 계속해
       도 될 것 같은데. 엘리사와 카를로스도 불편하지 않을 거야.

카를로스   그럼.

이그나시오   카를로스와 엘리사는 이런 이야기에 관심 없어. 너무 추상적이거든.

카를로스   뼈와 살이 있는 아가씨라면 전혀 추상적이 아니지.

이그나시오   하지만 그녀는 앞을 봐. 우리에게 그보다 더 이상 추상적일 수 있을

까?

엘리사   (화가 나서) 나 실례할게. 이그나시오 말이 맞는 것 같아. 나는 이런 이야기를 견딜 수 없어. 자러 가야겠어.

카를로스   좋을 대로 해. 바래다 주지 못해서 미안해. 이그나시오와 할말이 좀 있거든. 미겔린이 같이 가줄 거야.

(미겔린이 카를로스의 말을 기분 나쁜 듯 받아들인다.)

엘리사   (쌀쌀하게) 나 때문에 신경 쓰지 말라고 해. 미겔린은 분명 너와 계속 이야기하고 싶어할 거야…… 이그나시오와 함께.

미겔린   (전혀 기쁘지 않은 듯) 별소리를 다 하네…… 기꺼이 너를 데려다 줄 게.

엘리사   네 마음대로 해. 둘 다 잘 자.

이그나시오   잘 자.

카를로스   내일 보자, 엘리사.

(엘리사가 왼쪽으로 나간다. 미겔린이 두들겨 맞은 강아지처럼 그녀를 따라간 다. 카를로스와 이그나시오는 왼쪽에 있는 팔걸이 의자에 앉는다. 그러나 이야기를 시작하기 전에 도냐 페피타가 옆으로 들어온다.)

도냐 페피타   좋은 밤예요. 다들 자러 가지 않나요?

(카를로스와 이그나시오가 일어난다.)

카를로스   아직 일러요.

도냐 페피타 다들 앉아요. 그리고 당신, 지팡이의 사나이는 아무 말도 하지 않나요?

이그나시오 안녕하세요?

도냐 페피타 기운 좀 내요! 날이 갈수록 기운이 없어 보여요. 계속 얘기들 해요. 나는 기숙사를 한 바퀴 돌아볼 테니까. 또 봐요.

카를로스 안녕히 가세요, 도냐 페피타.

(도냐 페피타는 왼쪽으로 나간다. 침묵.)

이그나시오 내 추측인데, 네가 이야기하려는 것은 당연히 그 앞을 보는 아가씨 얘기는 아닐 것 같은데.

카를로스 추측 잘했어.

이그나시오 너는 나에게 항상 같은 이야기를 했었지. 오늘도 역시 같은 이야기겠지?

카를로스 같은 이야기.

이그나시오 인내심을 가져야지. 우리가 얼마나 더 이 같은 이야기를 나눠야 하는지 말해주겠어?

카를로스 그리 오래가지는 않을 거야…… 어쩌면 이번이 마지막일 수도 있지.

이그나시오 그건 반가운데. 아무 때나 원할 때 시작해.

카를로스 이그나시오…… 네가 이곳에 오던 날 너는 곧바로 떠나고 싶어했지. (쓸쓸하게) 후아나가 나에게 모든 이야기를 다 하곤 했을 그 시절에 알았지. 그때 너는 참 옳은 생각을 했고, 지금이 그 일을 실행에 옮길 때라고 생각해. 떠나줘!

이그나시오 명령 같네…….

카를로스 그것이 옳은 것임을 내가 지금 설명할게.

이그나시오   돈 파블로가 너를 보낸 거지, 그렇지?

카를로스   아니. 하지만 너는 가야 돼.

이그나시오   왜?

카를로스   너는 가야 돼. 왜냐하면 너를 둘러싸고 있는 분위기가 이 학교를 짓
누르고 있어. 그리고 그건 파괴적이야. 네가 떠나지 않으면 이 학교는
무너질 거야. 그러나 그런 일이 있기 전에 너는 떠나야 해.

이그나시오   말도 안 되는 소리야. 나는 당연히 떠날 생각이 없어. 너희들 몇몇이
그걸 원하는지는 알아. 돈 파블로부터 시작해서. 그러나 그는 나한테
아무 말도 못 해. 왜냐하면 구실이 없거든. 정말로 선생님 대신 네가 얘
기하는 게 아니야?

카를로스   이 학교에 대한 애정이 나로 하여금 너에게 말하도록 하는 거야.

이그나시오   더 말도 안 되는 소리군. 너는 참 상투적인 말을 좋아하는구나. 하지
만 내 말 잘 들어. 나는 대부분의 동료들이 내가 이곳에 머물기를 원하
는 걸 알아. 때문에 나는 가지 않아.

카를로스   너에게 동료들이 무슨 상관인데!

(사이.)

이그나시오   너와 나 사이에 존재하는 가장 큰 장애물은 네가 나를 이해 못 한다
는 거야. (끓어오르듯이) 내 동료들은, 너도 포함해서, 나에게는 네가
생각하는 것보다 훨씬 더 소중해. 너희들이 보지 못한다는 게 마치 내
몸이 불구가 된 것처럼 아파. 그러니까 너희들 모두를 위해 내가 아픈
거야! (격앙해서) 들어봐! 테라스를 지날 때 밤 공기가 건조하고 차갑
다는 것을 못 느꼈어? 그것이 뭘 의미하는지 알아? 너는 모를 거야. 당
연하지. 그것은 지금 별들이 마음껏 빛을 발하고 있고, 앞을 보는 사람

들은 그 광경을 만끽하고 있다는 거야. 그 멀고먼 세계가 저기 있어. (창가에 다가가서 유리를 만진다.) 유리 뒤에, 우리의 시력이 다다를 수 있는 곳에…… 우리에게 시력이 있다면! (사이) 너는 그런 일이 상관 없지, 불쌍한 자식. 나는 그것을 애타게 그리워해, 그것들이 보고 싶어. 별들의 달콤한 빛이 내 얼굴을 비추는 것 같아. 그리고 그것들을 보고 있는 것 같아! (창을 향해 넋이 나간 듯 서 있다. 카를로스도 어쩔 수 없이 나름대로 영향을 받아 약간 돌아선다.) 만약 나에게 시력이 있다면 별들을 가질 수 없어서 괴로워하겠지. 그래도 적어도 나는 그것들을 볼 수는 있을 거 아냐. 그러나 우리 중에는 그 어느 누구도 별들을 보지 못해, 카를로스. 이런 걱정이 잘못됐다고 생각해? 그렇지 않다는 것은 너도 알잖아. 비록 아주 조금일지라도 너도 그런 것을 느끼지 않는다는 것은 말이 안 돼.

카를로스 (집요하게) 아니! 나는 느끼지 않아.

이그나시오 느끼지 않는다고? 그게 바로 너의 불행이야. 내가 가지고 온 희망을 느끼지 못하는 것.

카를로스 무슨 희망?

이그나시오 빛에 대한 희망.

카를로스 빛에 대한 희망이라고?

이그나시오 그래, 빛! 우리에게는 불가능하다고 하지. 그러나 우리가 그것에 대해 뭘 알아? 이 세상이 우리를 위해 준비하고 있는 것은 아무도 모르거든. 과학 발명부터…… 기적까지.

카를로스 (비웃듯이) 원, 별걸 다!

이그나시오 알아, 네가 부정하는 걸 알아. 너는 내가 너에게 가지고 온 믿음을 거부하지.

카를로스 그만 해! 빛, 시력…… 다 허망한 말들이지. 우리는 장님이야! 알아들어?

이그나시오   네가 인정하니 다행이구나…… 나는 단지 우리가…… 앞을 못 보는 줄 알았는데.

카를로스   그래, 장님! 빌어먹을.

이그나시오   뭘 못 보는 거지?

카를로스   (주저하며) 뭘 못 보느냐고?

이그나시오   빛을 못 보는 거지! 네가 아무리 부정해도 우리가 너무나 알고 싶은 것…… (머뭇거린다.) 들어봐. 나는 아는 게 많아. 앞을 보는 사람들이 가끔 우리의 불행을 헤아려보려고 눈을 감지. (무대의 빛이 서서히 어두워진다.) 그리고는 끔찍해서 전율해. 어떤 사람은 자신이 장님이 됐다고 믿고 미친 사람도 있어…… 왜냐하면 제때 방 창문을 열어주지 않아서. (무대는 어둡다. 다만 별들만이 창가에서 반짝일 뿐) 그런데 우리는 그 끔찍함 속에, 그 광기 속에 있는 거야…… 무엇인지 알지도 못하면서! (별들도 서서히 사라지기 시작한다.) 그러기 때문에 나에게는 두 배로 끔찍하지. (무대도, 극장도 완벽한 암흑 속에 있다.) 우리들의 목소리는…… 어둠 속에서 교차될 뿐.

카를로스   (목소리에 약간의 두려움이 끼어든다.) 이그나시오!

이그나시오   그래. 너무 신비하기 때문에 끔찍한 말이지. 시작하는구나…… 이해하기 시작하는구나. (사이) 나는 앞을 보는 사람들이 아침이 오면 얼마나 반가워하는지를 느꼈어. (별들이 다시 반짝이기 시작한다. 동시에 무대에도 빛이 밝아온다.) 사물들이 모습을 드러내지, 그 아름다운 자태를. 그리고…… 색깔을 뽐내며. 하느님의 은혜라고 느끼는 그들은 빛을 보며 기쁨으로 가득 차 있어! 너무나 큰 은혜이기 때문에 그들은 밤에도 빛을 발하도록 한 거지. 그러나 우리에게는 다 마찬가지잖아. 빛은 다시 찾아올 수 있지. 어둠 속에서 모양과 색깔을 드러나게 할 수 있지. 모든 사물들에게 최대한의 가치를 줄 수 있지. (무대 위의 빛과 별들은 원래대로 돌아와 있다.) 아주 멀리 있는 별까지도! 그러나 다 마찬가지야! 우리는 아무것도 못 보거든.

카를로스 (이그나시오의 말에 본인의 의지와는 무관하게 영향받은 것을 털어버리기 위해 머리를 흔든다.) 조용히해! 너를 이해해, 그래. 너를 이해해, 그래도 너를 용서할 수 없어. (갑작스러운 계시를 받은 어조로) 너는……균형을 갖추지 못한 구세주야. 너에게 무슨 일이 일어나고 있는지 내가 말해줄게. 너는 죽음에 대한 충동을 느끼고 있는 거야. 너는 앞을 보고 싶다고 하지만…… 네가 원하는 것은 죽음이야!

이그나시오 어쩌면…… 어쩌면, 어쩌면 죽음만이 영원한 빛을 얻을 수 있는 유일한 방법일지도 모르지…….

카를로스 아니면 영원한 암흑을. 그러나 마찬가지야. 네가 찾는 것은 죽음이야. 그러나 너는 그 사실을 몰라. 너 자신도 죽고 다른 사람들도 죽게 하는 것. 그래서 너는 떠나야 돼. 나는 삶을 지켜! 네가 위협하고 있는 우리 모두의 삶을! 왜냐하면 나는 마음껏 삶을 살고 싶어, 살아가고 싶어. 비록 평화롭거나 행복하지는 않더라도. 비록 험하고 괴롭더라도. 그러나 삶은 그 나름대로의 맛이 있어, 우리에게 무엇인가를 요구하고, 우리를 불러들여! (사이) 이곳에서 우리 모두는 삶을 위해 투쟁했지…… 네가 오기 전까지는. 이제 그만 떠나!

이그나시오 너는 삶의 훌륭한 변호사야. 나는 놀라지 않아. 너는 삶이 넘쳐. 너는 그렇게 말하지만 너에게는 내가 떠나가기를 바라는 결정적인 이유가 있지…… 후아나!

(왼쪽에서 도냐 페피타가 등장하여 그들을 살핀다.)

카를로스 (위협하듯이 두 주먹을 든다.) 이그나시오!

도냐 페피타 (빠르게) 아직 여기들 있어요? 대화가 흥미로운 것 같네. (카를로스는 팔을 내린다.) 사랑스러운 카를로스, 마치 우리 모두를 대변하는 것 같아.

카를로스 (자제하며) 거의요, 거의, 도냐 페피타.

도냐 페피타 (지나가며) 잠자리에 들어요, 그게 나을 텐데. 돈 파블로와 나는 잠시 일하러 올 거야. 잘 자요.

카를로스, 이그나시오 안녕히 주무세요.

(도냐 페피타가 의심스러운 듯 그들을 바라본다. 그리곤 간다.)

카를로스 (차분하게) 너는 후아나의 이름을 언급했지만 후아나는 이 일과 아무런 관련이 없어. 그녀는 빼놓고 이야기하자.

이그나시오 어떻게 그래! 두 번이나 네가 언급해놓고 지금 와서 상관없는 일이라니. 이렇게 위선자인 줄은 몰랐는데. 후아나가 너의 분노의 이유야, 이 친구야…….

카를로스 나는 화나 있지 않아.

이그나시오 아니라면 불쾌함에서 비롯된 것이겠지. 후아나에 대한 추억으로 너는 이 아름다운 삶의 노래를 나에게 불러주었지.

카를로스 다시 한번 이야기하는데, 후아나는 빼놓고 이야기하자. 네가 그녀를 중독시키기 전까지는……, 내가 예전에 말했잖아.

이그나시오 거짓말이야. 그때 그녀는 완전히 네 것이 아니었어. 그리고 너는 그것을 느끼고 있었지. 그래, 나는 후아나를 사랑해. 틀림없어. 그래서 내게도 중요한 명분이 있어. 그래, 나는 그녀 때문에 안 가! 네가 그녀 때문에 내가 떠나는 것을 원하는 것처럼. (사이) 기분좋은 소식 하나 줄까? 후아나는 아직 완전히 내 것이 아냐.

카를로스 (느긋하게) 너 같은 부류의 사람들 내면에는 항상 같은 것이 있지. 저
질이고 지저분한 음흉함. 바로 그것이 네 신비로움의 정체야. 다시는
너에게 이 일에 대해 이야기하지 않을게. 어떤 방법으로든 너는 이곳을
떠날 거야.

이그나시오 (웃으며) 카를로스, 나를 상대로 아무 일도 하지 못할 거야. 나는 어
떤 이유로도 이곳을 떠나지 않아. 비록 한때는 자살에 대해서도 생각해
봤지만, 이제는 더 이상 그러고 싶은 생각이 없어.

카를로스 너는 분명히, 네가 불행으로 몰고 간 몇몇 아이들이 너에게 모범을·
보여주길 기대하겠지.

이그나시오 (지쳐서) 우리 그만 다투자. 나의 빈정거림을 용서해줘. 나도 좋아하
지 않아. 그러나 네가 나를 너무 자극해서. 미안해. 그리고 이만 갈게.
그러나 운동장으로 갈게. 밤이 너무 상쾌하고 잠자기 전에 약간 피곤해
지고 싶어. (심각하게) 비록 나는 보지 못하지만 아름다운 별들이 나를
위해 빛을 발할 거야. (옆으로 향한다.) 같이 가지 않을래?

카를로스 아니.

이그나시오 안녕.

카를로스 안녕. (이그나시오가 나간다. 카를로스는 체스 테이블 의자에 주저앉아
무심히 패를 더듬는다. 분노를 억누르며 혼자 중얼거린다.) 싫어, 나는 너
와 같이 가기 싫어. 나는 절대로 너의 지옥으로 함께 가지 않아. 다른
사람들이나 가라지!

(잠시 후 옆에서 돈 파블로와 도냐 페피타가 들어온다. 그녀는 가죽으로 된 서
류 가방을 들고 있다.)

도냐 페피타	아직 여기 있어요?
카를로스	(고개를 들며) 네, 도냐 페피타. 졸리지 않아서요.
돈 파블로	(도냐 페피타에 이끌려 소파에 앉으며) 좋은 밤예요, 카를로스.
카를로스	안녕하세요, 돈 파블로.
도냐 페피타	(호기심에 차서) 이그나시오는 자러 갔나?
카를로스	네…… 그런 것 같은데요.
돈 파블로	(심각하게) 카를로스, 여기서 만나 반갑군. 이그나시오에 대해 너와 이야기하고 싶었거든. 페피타, 담배 한 대 줄래요? (도냐 페피타가 가방에서 담뱃갑을 꺼내 담배를 하나 뽑는다.) 그래, 카를로스. 이건 더 이상 어린애 장난이 아니지. (그의 입에 담배를 물려주고 불을 붙여주는 도냐 페피타에게) 고마워요. (도냐 페피타가 테이블에 앉더니 가방에서 서류를 꺼내 만년필로 적기 시작한다.) 우리 학교가 처한 상황은 심각해. 당신은 한 사람이 백 명의 동료들의 사기를 저하시킬 수 있다고 생각하나? 나는 설명할 수가 없어.
도냐 페피타	당신이 모르는 일이 아직 또 있어요…… 많은 학생들이 복장에 신경을 안 써요.
돈 파블로	그래?
도냐 페피타	옷을 다림질하러 보내지도 않고…… 이그나시오처럼 넥타이를 매지 않아요.

(침묵. 카를로스가 무의식중에 자신의 것을 만져본다.)

| 돈 파블로 | 그는 하루 종일 쉬지도 않고 말하겠지. 아무리 그래도, 시간이 부족할 텐데. 당신은 어떻게 생각하나, 카를로스? (사이) 응? |

(도냐 페피타가 카를로스를 쳐다본다.)

카를로스 죄송합니다. 뭐라고 하셨죠……?

돈 파블로 내가 한 말은 어떻게 이그나시오 혼자서 이렇게 많은 앞 못 보는 사람들의 사기를 떨어뜨리기에 충분하고도 넘칠 정도냐는 거지. 그들이 빛에 대해 뭘 알아?

카를로스 (심각하게) 어쩌면 그들이 모르기 때문에 더 관심을 갖는지도 모르죠.

돈 파블로 (미소지으며) 굉장히 날카로운 지적이야, 이 사람아.

(일어난다.)

카를로스 그러나 사실인걸요. 내 동료들은 신비로움에 도취되어 있죠. 가슴 아픈 일이에요! 거기다가 이그나시오는 혼자가 아녜요. 그는 씨를 하나 뿌렸는데 가지를 뻗어서 의식 없는 많은 추종자들이 생겼어요. (침묵. 슬프게) 특히, 제일 앞에서 따르는 사람들은 여학생들이죠.

도냐 페피타 (부드럽게) 내 생각에 그 싹들은 별로 중요하지 않은 것 같아. 예를 들어, 만약에 이그나시오가 떠난다면, 그의 부정적인 행동의 정신적인 힘도 함께 가버릴 거야.

돈 파블로 만약 이그나시오가 떠난다면 모든 일이 해결될 텐데. 그를 쫓을 수도 있겠지만, 그러나…… 그것은 학교의 명예에 치명적일 테고. 우선은 카를로스가 개인적으로—물론, 아주 부드럽게!—그가 떠나는 것이 더 좋다는 것을 넌지시 말해주면 안 될까? (사이) 카를로스!

카를로스 죄송합니다. 제가 딴생각을 하고 있었어요. 잘 못 알아들었는데요…….

도냐 페피타 오늘 밤 카를로스가 참 이상하네요. 돈 파블로가 묻고자 했던 말은, 이그나시오에게 떠나도록 말해줄 수 없는지였어요.

돈 파블로 더 좋은 생각이 있다면 모를까⋯⋯.

(침묵.)

카를로스 이미 그와 이야기했어요.

돈 파블로 그래? 그런데?

카를로스 안 가겠대요.

돈 파블로 그에게 정중히, 필요한 모든 방법을 동원해서 말하면⋯⋯.

카를로스 가장 적절한 방법으로요. 그 일은 걱정 마세요.

돈 파블로 왜 안 가겠대?

(사이. 도냐 페피타가 호기심 어린 표정으로 카를로스를 쳐다본다.)

카를로스 모르겠어요.

돈 파블로 그러나저러나 그는 가야 해!

카를로스 네, 그는 가야 해요.

돈 파블로 (걱정스럽게) 가야 돼. 여태껏 쌓아놓은 우리의 업적을 한꺼번에 무너뜨릴 수 있는 가장 황당한 적이야. 우리는 그를 어떻게 할 수가 없어, 할 수가 없어⋯⋯ 그는 모든 것에 도전적이야. (충동적으로) 카를로스, 무슨 방법을 생각해봐. 나는 너의 재주를 믿어.

도냐 페피타 좋아요. 천천히 연구해봐요. 이제 다들 쉬러 가야 할 것 같아요. 많이 늦었어요.

돈 파블로 그게 좋겠어. 그러나 오늘 밤에는 나도 못 잘 것 같아. 같이 오는 거야, 페피타?

도냐 페피타　아직 아뇨. 성적 처리를 끝내야겠어요.

돈 파블로　그럼 잘 자요. 우리 일을 잊지 마, 카를로스.

(카를로스는 대답을 하지 않는다.)

도냐 페피타　안녕. 안녕히 주무세요. (돈 파블로는 왼쪽으로 나간다. 도냐 페피타가 일어나서 카를로스에게 다가간다. 항상 그에게 말할 때 그러하듯이 다정하게) 안 잘 거예요?

카를로스　(깜짝 놀라며) 네?

도냐 페피타　그런데 왜 그래, 이 사람아?

카를로스　(미소지으려고 노력하며) 아무것도 아녜요.

도냐 페피타　가서 자요. 피곤한 것 같은데.

카를로스　네, 머리가 아파요. 그러나 졸리지는 않아요.

도냐 페피타　그럼 마음대로 해요. (스탠드를 켜고 옆으로 가서 중앙등을 끈다. 돌아와 앉아 메모를 검토하며 중얼거린다. 뭔가 쓴다. 갑자기 펜을 멈추고, 천천히 일어나고 있는 카를로스를 쳐다본다.) 내가 아까 너희들을 봤을 때 이그나시오에게 떠나라고 말하고 있었나요? (카를로스는 대답하지 않는다. 그의 표정은 이상하리만큼 굳어 있다. 천천히 옆으로 나간다. 도냐 페피타는 놀란다.) 가는 건가요?

카를로스　(정신을 가다듬으며) 기분 전환을 하러 바람 좀 쐬려구요. 쉬세요. 안녕히 주무세요.

(옆으로 나간다.)

도냐 페피타 잘 쉬어요. 나도 지금 갈 거예요. (그가 나가는 것을 동정 어린 눈으로 본다. 그리고 일을 계속한다. 잠시 후 기지개를 켠다. 손목시계를 본다.) 벌써 12시네. (일어나서 라디오를 켠다. 이리저리 돌려본다. 부드럽게 그리그의 「페르귄트」 가운데 '에이스의 죽음' 한 부분이 들리기 시작한다. 도냐 페피타는 잠시 듣는다. 하기 싫다는 눈빛으로 서류를 바라본다. 천천히 창가에 다가가서 이마를 유리에 대고 밤을 응시한다. 갑자기 긴장한다. 뭔가가 그녀의 관심을 끈다.) 어? (손으로 빛을 가리며 계속 바라본다. 매우 놀란 투로) 뭘 하는 거지?

(창틀 위에서 양손을 움켜쥔다. 누군가 갑자기 가슴에 충격을 가한 듯 숨막힐 듯한 비명을 지르며 뒷걸음질친다. 공포로 경직된 얼굴을 하고 돌아선다. 손으로 입을 막는다. 헐떡인다. 마침내 옆으로 뛰어나간다. 잠시 음악 멜로디만 흐른다. 그후 멀리서 비명 소리가 들리고, 누군가를 부르는 소리가 들린다. 사이. 왼쪽 문으로 미겔린과 안드레스가 빠르게 들어온다.)

안드레스 무슨 일이야?

미겔 (계속 걸으며) 몰라. 운동장에서 구조를 요청하고 서너 명을 보내달라고 하는데. 오른쪽 기숙사에 알려.

(옆으로 나간다. 사이. 에스페란사가 온몸을 떨며, 허공을 더듬으며 왼쪽에서 등장한다. 잠시 후 로리타도 흥분한 얼굴로 옆으로 들어온다. 두 여자 다 잠옷과 가운을 입고 있다.)

에스페란사 누구……, 누구야?

로리타 (다가가며) 에스페란사!

(두려움의 충격에 둘은 서로 포옹한다.)

에스페란사　너도 들었어?

로리타　　응.

에스페란사　무슨 일이야?

로리타　　모르겠어!…….

(소리를 듣기 위해 포옹을 푼다.)

에스페란사　내 곁을 떠나지 마! 무서워.

로리타　　(다시 그녀를 끌어안으며) 아무것도 안 들리는데…… 끔찍해.

에스페란사　(무릎을 꿇으며) 하느님 아버지, 자비를!

로리타　　나를 놀라게 하지 마! 일어나!

(그녀가 일어나도록 돕는다.)

에스페란사　뭔가 불길해…….

로리타　　조용히해.

에스페란사　마치 우리가 큰 잘못을 저지르고 있었던 것 같은. 내가 텅 빈 것 같
　　　　　아…… 혼자인 것 같고…….

로리타　　발소리가 들려! (옆면과 마주한다.) 가자!

에스페란사　(그녀의 손을 잡으며) 로리타, 나 혼자 두고 가지 마! 너무 힘들
　　　　　어…… 오늘 밤 나와 같이 자.

로리타　　누군가 다가오고 있어.

에스페란사　　내 방으로 와! 이 고독함은 끔찍해.

로리타　　그래, 가자……, 춥구나……

(불안한 듯 왼쪽으로 서둘러 나간다. 침묵. 그후 웅성거리는 소리가 들리고 옆으로 도냐 페피타가 들어와서 중앙등을 켠다. 그녀 뒤에는 머리를 떨군 채 흔들리는 이그나시오의 시신을 알베르토와 안드레스가 들고 온다. 그들 뒤에는 미겔린, 페드로와 카를로스. 긴장되고 흥분했는지 창백한 얼굴로 온다.)

도냐 페피타　　여기, 소파 위에 놓아요. 빨리! 미겔린, 그 라디오 끄고. (미겔린은 지시대로 하고 라디오 옆에 선다. 도냐 페피타는 안드레스의 팔을 잡고는) 안드레스, 어서 돈 파블로에게 연락해요, 부탁해요.

안드레스　　지금 바로 할게요.

(왼쪽으로 나간다.)

도냐 페피타　　(무릎을 꿇고 이그나시오의 손목을 치우고 심장에 귀를 댄다.) 죽었어!

(그녀는 초점 잃은 시선으로 서 있는 카를로스를 쳐다본다. 왼쪽에서 돈 파블로가 허둥지둥 들어온다. 옷은 반쯤 입었고 안경은 쓰지 않았다. 그의 뒤로 안드레스가 다시 들어온다.)

돈 파블로　　무슨 일이야? 이그나시오에게 무슨 일이 있었어? 페피타, 당신 여기 있어?

도냐 페피타　　이그나시오가 죽었어요. 여기, 소파 위에 있어요.

돈 파블로　　죽었다고?…… 이해할 수가 없어! (소파를 향해 다가가 허리를 굽히고 더듬는다.) 어떻게 된 거야? 어디서?

도냐 페피타   운동장에서요. 저는 잘 몰라요…… 나중에 도착했거든요.

돈 파블로   어떻게 됐는지 아무도 몰라? 누가 제일 먼저 발견했지?

카를로스   저요.

(도냐 페피타는 그에게서 시선을 떼지 않는다.)

돈 파블로   아, 얘기해봐요, 얘기해봐요, 카를로스.

카를로스   할말은 별로 없는데요. 머리가 아파서 바람을 쐬러 밖에 나갔었죠. 누군가가 미끄럼틀을 향해 가는 소리를 들었어요…… 저도 다가갔죠. 거의 다 갔을 무렵 뭔가 떨어지는 둔탁한 소리를 들었어요. 그리고 공기의 움직임. 즉시 불길한 일임을 느꼈죠. 다가가서 더듬어봤는데 이그나시오 같았어요. 꼭대기에서 떨어진 것 같았어요. 그 옆에는 내려올 때 쓰는 줄이 있었어요. 그때 도움을 요청했죠. 도냐 페피타는 즉시 왔어요. 같이 더 크게 소리를 질렀죠…… 그리고 그를 이곳에 데리고 왔어요.

(그 동안 도냐 페피타가 테이블 보로 시신을 덮는다.)

돈 파블로   어떻게 이런 일이? 이제 더 이해가 안 되네! 이 시간에 이그나시오가 미끄럼틀 꼭대기에서 무슨 할 일이 있었는지 이해가 안 돼…….

안드레스   어쩌면 자살이었는지도 모르죠, 돈 파블로.

알베르토   그렇다면 왜 줄이 필요했겠어? 이그나시오는 미끄럼틀에서 내려오려다가 죽은 거야. 그건 분명해. 그는 모든 것에 서툴렀잖아.

돈 파블로   하지만 그는 그런 일을 할 사람이 아니었는데…… 미끄럼놀이가 그에게 무슨 상관이었겠어? 그는 자기가 둔하다고 그 어느 운동 연습도 하려 하질 않았잖아.

미겔   학생들 중에 가장 어린 제가 선생님이 찾지 못하는 이유를 찾도록 허락해주세요. (기대를 가지고) 저는 이그나시오를 아주 잘 알거든요. (가슴 아프게) 어쩌면 자신의 비참함이 너무 괴로워서 우리 앞에서는 관심 없는 척하면서 비밀리에 극복하려고 노력했을 거예요. 오늘 밤, 그리고 잠자리에 늦게 들었던 많은 밤에, 그는 야유의 대상이 되지 않고 날렵함을 익히려 했을 거예요. 그가 매우 민감한 건 아시잖아요…….

돈 파블로   (아는 척하네!) 배우라고 할 때는 안 배우고…… 결국 머리가 나쁘니까 우리에게 골칫거리만 안겨주잖아. 이것이 모두에게 교훈이 되었으면 좋겠어…… (사이. 그 동안 학생들은 부끄러운 듯 얼굴을 돌린다.) 그래. 분명히 일이 그렇게 된 걸 거야. 안 그래, 페피타?

도나 페피타   (카를로스를 계속 보며) 그럴 가능성이 많죠…….

돈 파블로   당신은 어떻게 생각하나, 카를로스?

카를로스   미겔린이 정곡을 찌른 것 같아요.

돈 파블로   다행이네. 자살했다는 가정은 아주 불쾌하거든. 우리 학교의 교훈에도 어긋나는 일이었을 테니까.

도나 페피타   내가 가서 전화할까요?

돈 파블로   내가 가는 것이 더 나을 거요. 아버지에게도 알려야 할 텐데…… 불쌍한 사람! 사고에 대한 두려움에 대해 말한 것을 기억하는데…… 그러나 사고는 누구에게나 있을 수 있지. 그리고 우리는 미끄럼틀과 다른 기구들이 교육에 적합하게 쓰여진다는 것을 보여줄 수 있는데! 그렇지, 페피타!

도나 페피타   그래요, 가요. 그 일로 걱정하지 마세요. 여긴 제가 있을게요.

돈 파블로   그 둔한 녀석이! 혼자 해보려고…… 물론이지!

(옆으로 나간다. 아직 옷을 입은 채로 엘리사가 옆에서 들어오다가 문 가까이에서 멈춘다.)

엘리사　무슨 일이 있었어요? 저기서 누군가가, 이그나시오가…….

미겔　이그나시오가 죽었어. 여기 시신이 있어.

엘리사　(놀라지만 별 감동 없이) 오!

(본능적으로 미겔린에게 닿을 정도로 다가간다. 다시 찾은 듯한 의미있는 몸짓으로 그의 허리를 손으로 감싼다. 미겔린도 그녀의 허리를 감싸안는다. 엘리사는 천천히 미겔린의 어깨에 머리를 기댄다.)

도나 페피타　다들 이곳에서 나갔으면 좋겠어요. 다들 도와줘서 고맙고, 친구들과 이 일에 대해서 가급적 언급하지 않았으면 해요. 잘들 자요. (페드로와 알베르토의 어깨를 두드리며 옆으로 보낸다.) 아무도 이 방에 오지 말라고 해줘요.

(안드레스도 왼쪽으로 나간다. 그의 뒤로 허리를 얼싸안은 미겔린과 엘리사, 그는 심각하고 느긋하게 간다. 그녀는 행복한 미소를 감추지 못한다.)

엘리사　그에게는 더 잘된 일인지도 몰라…… 그는 살기 위해 태어나질 않았어. 안 그래 미겔린?

미겔　(다정하게) 그래. 그에게 있을 수 있는 가장 좋은 일이었지. 그는 모든 일에서 매우 둔했어.

(왼쪽으로 후아나의 소리가 들리고, 이내 가운을 걸친 그녀가 그들 앞을 지나간다. 미겔린이 그녀를 부르려 한다. 그러나 엘리사는 다시 한번 그를 부드럽게 막고, 문을 향해 그를 데리고 나간다.)

후아나　카를로스! 카를로스! 여기 있어요?

카를로스　나 여기 있어, 후아나.

(앞쪽에서 그녀가 흐느끼며 그의 품안에 안긴다.)

후아나　카를로스! (카를로스는 씁쓸한 미소를 지으며 그녀를 안는다. 도냐 페피타가 그들을 가슴 아프게 쳐다본다.) 불쌍한 이그나시오!

카를로스　이제 편히 쉬고 있어.

후아나　그래. 지금 그는 더 행복할 거야. (운다.) 용서해줘! 내가 너를 힘들게 한 걸 알아.

카를로스　너를 용서할 게 아무것도 없어, 내 사랑아.

후아나　있어, 있어! 너에게 고백할 게 굉장히 많아…… 너무 죄책감을 느껴…… 하지만 내 의도는 좋았어, 맹세해! 나는 너를 한순간이라도 사랑하지 않은 적이 없어, 카를로스!

카를로스　알아, 후아나, 알아.

후아나　나를 용서해주겠어? 너에게 모든 것을 고백할게! 모든 것을!

카를로스　그럴 필요 없어, 하나도 심각한 게 아닐 테니까. 아무것도 모르지만 너를 용서해줄게.

후아나　카를로스! (충동적으로 입을 맞춘다.)

도냐 페피타　(씁쓸하게) 방으로 돌아가는 것이 좋겠어요, 아가씨.

카를로스　선생님 말이 맞아요. 후아나, 가자. 우리가 가야지.

(서로 허리를 얼싸안고. 그는 우울하게, 그녀는 떨면서 왼쪽으로 향한다.)

도냐 페피타   (힘들게) 카를로스, 좀 남아요. 할말이 있어요.

카를로스   (고개를 숙인다.) 알았어요. 안녕, 후아나.

후아나   내일 봐, 카를로스. 그리고 고마워!

(천천히 잡고 있던 손을 놓는다. 후아나는 가고 카를로스는 서서 기다린다. 도냐 페피타는 그를 괴로운 듯 쳐다본다. 긴 침묵.)

도냐 페피타   가슴 아픈 일이죠, 그렇죠?

카를로스   네.

(침묵.)

도냐 페피타   (그를 뚫어져라 쳐다보며 다가간다.) 학교가 가장 큰 악몽에서 헤어났다는 것을 부정할 필요는 없겠죠…… 우리 모두 편안해지고 다시 활기를 찾을 거라는 것을…… 얼마 전 돈 파블로가 찾던 해결 방법이…… 다 주어졌네요. (나무라는 어조로) 그러나 그 누구도 이렇게까지는 기대하지 않았는데…….

카를로스   방법이야 어떻든 위험은 차단됐어요.

도냐 페피타   (씁쓸히) 카를로스도 그렇게 생각하나요?

카를로스   (경멸하듯) 모르셨어요? 이그나시오가 죽으니까 그의 가장 친한 친구들이 그를 떠나잖아요. 그의 시신 위에서 수군거리고. 아, 장님들이란, 장님들이란! 자신들이 그를 동정할 자격이 있다고 생각하더군요.

보잘것없고 비천한 자들이! 미켈린과 엘리사는 서로 화해하고. 나머지
는 무거운 짐을 벗어던진 듯 마음껏 숨을 쉬죠. 이 학교에 다시 즐거움
이 찾아왔어요! 모든 것이 해결되고요.

도냐 페피타 카를로스의 말을 듣는 것이 괴롭네요…….

카를로스 (당당하게) 왜요?

(침묵.)

도냐 페피타 (격노해서) 카를로스, 무슨 짓을 했죠?

카를로스 (버텨 서며) 무슨 뜻인지 모르겠는데요.

도냐 페피타 카를로스, 가끔 우리는 우리가 뭔가를 잘한다고 생각하면서 큰 실수
를 하죠…….

카를로스 무슨 말씀인지 모르겠어요.

도냐 페피타 우리는 가끔 상대방이 우리를 불안하게 하려고 이야기하는 것이 아
니고 위로해주기 위해서 그런다는 것을 잘 알지 못하죠…… 우리를 사
랑하는 사람들이 다가와서 우리가 괴로워하는 것을 보며 가슴 아파하
지만 우리는 그들의 마음을 헤아리려 하지 않고…… 포근한 친구의 가
슴속에서 쉬어야 될 때 우리는 그들을 거부하죠…….

카를로스 (냉정하게) 선생님 호의는 고맙습니다만…… 그러나 지금은 필요 없
는데요.

도냐 페피타 (그의 양손을 잡으며) 아들아!

카를로스 (손을 빼며) 저는 바보가 아녜요, 도냐 페피타. 선생님이 말하고 싶어
하는 것을 충분히 압니다. 이그나시오와 내가 같은 시간에 운동장에
서…… 그 추측은 사실이 아닙니다.

도냐 페피타 물론이지! 사실이 아니지! 내가 한 말도 다른 게 아니야. (천천히) 다

른 말을 할 생각도 없어.

카를로스　선생님에게 감사할 수가 없는데요. 저는 아무 일도 하지 않았으니까요.

도나 페피타　(시신을 흘긋 쳐다보며) 그리고 불쌍한 이그나시오는 더 이상 아무 말도 하지 못하고…… 그러나 진정해요, 카를로스…… 그 일이 사실이라고 가정한다면…… (그가 반응한다.) 알아, 알아, 사실이 아닌줄! 하지만 만약에 사실이라 해도 말로만은 아무것도 해결할 수 없어…… 그리고 학교가 최우선이지.

카를로스　제 생각도 같습니다.

도나 페피타　그리고 우리의 모든 행동은 학교를 위해서야. 안 그런가?

카를로스　(비웃듯이) 그렇죠. 선생님이 무슨 생각을 하는지 알아요. 애쓰지 마세요.

도나 페피타　아니면, 개인의 이익을 위해서일 수도 있지.

카를로스　뭐라구요?

도나 페피타　학교는 적을 가질 수 있어…… 그리고 사람들은 사랑의 적수를. (사이. 카를로스는 뒤돌아서 피곤한 듯이 오른쪽으로 간다. 체스 테이블 의자에 걸리자 그 의자에 앉는다.) 나한테 마음을 터놓지 않겠어?

카를로스　(고집스럽게) 다시 한번 말하는데요, 선생님이 생각하시는 것은 사실이 아녜요.

도나 페피타　(뒤쪽으로 다가가서 그의 어깨에 두 손을 얹어놓는다.) 좋아요…… 내가 잘못 생각했어요. 이곳에는 아무런 범죄도 없었어요. 열정에 의한 범죄도 없었어요. 카를로스는 어느 누구의 동정도 받고 싶지 않군요. 후아나의 동정조차도?

카를로스　(사납게) 후아나는 그 위험한 감정을 갖지 않는 법을 배워야 해요.

(침묵. 그의 손이 테이블의 패를 만지작거린다.)

도나 페피타   카를로스…….

카를로스   왜요?

도나 페피타   자신을 좀 편하게 내버려두면 참 좋을 텐데…….

카를로스   (벌떡 일어나며) 그만 하세요. 불가능한 고백을 받아내려고 지레짐작 하지 마세요. 뭘 원하시는 거예요? 자신의 기민함을 증명하기 위해선 가요? 자식이 없으셔서 저의 어머니 역할을 하시려 하는 건가요?

도나 페피타   (창백하게) 잔인하군요…… 나는 그렇게까지는 안 할 텐데. 왜냐하면 30분 전에 나는 이곳에서 일을 하고 있었는데 왠지 일어나서 창밖을 보고 싶었지만 그러지 않았어요. 왜냐하면, 만약 그랬다면 나는 이그나시오의 몸을 짊어지고 미끄럼틀을 올라가는 누군가를 봤을 거야…… 실신한 이그나시오, 아니면 이미 죽은 이그나시오를! (사이) 그리고 높은 곳에서부터 밀려 떨어지는 몸……, 다른 사람들의 시선을 생각하지 못한 채. 우리는 항상 남의 시선을 잊지. 오로지 이그나시오만이 그것을 생각하곤 했지. (사이) 그러나 나는 아무것도 보지 않았어, 왜냐하면 나는 일어나지 않았거든.

(그의 얼굴을 곁눈질하며 기다린다.)

카를로스   그래요, 아무것도 못 봤어요! 비록 선생님이 일어났고 무엇인가 보았다고 해도…… (대단히 빈정거리며) 시력이 뭔데요? 이곳에는 시력이 없어요! 어떻게 감히 당신의 눈이 본 것에 대해 언급할 수 있나요? 당신의 눈! 흥!

도나 페피타   (울먹이며) 내 아들아, 그렇게 냉정하면 좋지 않아요.

카를로스   저를 내버려두세요! 그리고 저를 그 혐오스러운 여성의 교활함으로 이기려고 하지 마세요.

도냐 페피타   카를로스는 내가 거의 할머니라는 사실을 잊은 것 같군……

카를로스   선생님이야말로 그 사실을 잊으신 것 같은데요!

도냐 페피타   뭐라구? (울면서) 미쳤어, 카를로스는 미쳤어!……

카를로스   (절망적으로) 그래요! 가세요!

(침묵.)

도냐 페피타   (혼란스러운 듯) 그래요, 내가 갈게요…… 돈 파블로가 너무 오래 걸리는 것 같아…… (가다 멈춘다.) 카를로스는 우정을 원하지 않아요, 평화도…… 지금 카를로스는 평화를 원하지 않아. 왜냐하면 자신이 이겼다고 생각하기 때문에, 그리고 그것으로 충분하니까. 그러나 이기지 않았어요, 카를로스. 내가 하는 말을 기억하세요. 이긴 것이 아녜요.

(슬픈 시선으로 살인자와 희생자를 바라보고 옆으로 나간다. 카를로스는 의자 위에 주저앉는다. 그의 고개는 이전의 뻣뻣함을 잃고 가슴 위로 떨구어진다. 그의 숨소리가 점점 더 거칠어진다. 결국 그는 더 이상 참지 못하고 반은 질책하듯, 반은 냉담한 몸짓으로 넥타이를 벗으며 가슴을 풀어헤친다. 그후 그는 마치 누군가 부르는 소리를 듣기나 한 듯 안쪽을 향해 고개를 돌린다. 그리고 망설이듯 일어난다. 일어나면서 그는 무의식적으로 옷소매로 테이블 위의 패를 넘어뜨린다. 넘어지며 내는, 귀에 거슬리는 그 소리는 순간적으로 매우 무섭고 난폭한 느낌을 준다. 갑작스러운 불상사에 놀란 그는 잠깐 멈추고, 슬픈 듯이 패를 더듬는다. 그리고 시신 앞으로 다가간다. 그 옆에, 어쩔 수 없는 고독감의 비통함을 느끼며 무릎을 꿇는다. 갑자기 그는 죽은 자의 창백한 얼굴의 천을 치우고, 마치 다시는 일어날 수 없는 잠든 자의 얼굴

을 절망스럽게 어루만지는 사람처럼 그의 얼굴을 더듬는다. 그리고 마치 신비한 힘에 이끌리듯 일어나서 더듬거리며 창가로 다가간다. 그곳에서 그는 별빛을 맞으며 움직이지 않고 서 있다. 곧 열정으로 달아오르고 진동하는 장중한 목소리, 그의 목소리가 들리기 시작한다.)

카를로스　……지금 별들은 마음껏 빛을 발하며 빛나고 있을 거야. 그리고 앞을 보는 사람들은 그 아름다움을 즐기고 있겠지. 그 아주 먼 세상은 저곳에 있지, 유리창 너머에…… (마치 상처를 입은 새의 날개처럼 그의 손이 떨면서 신비한 감옥처럼 느껴지는 유리를 두드린다.) 우리의 시력이 닿는 곳에……, 만약 우리에게 시력이 있다면…….

천천히 막이 내려온다.

어느 계단의 이야기

Historia de una escalera

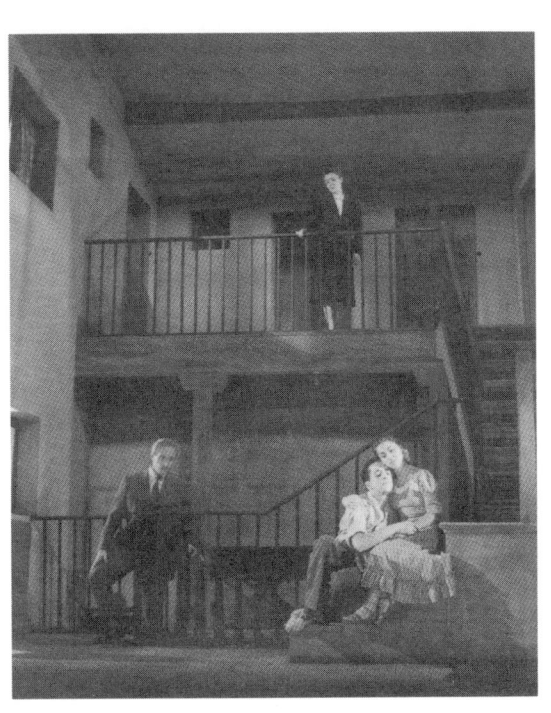

제1막

한 허름한 연립 주택에 두 개의 층계참이 있는 계단의 한 구획. 아래층으로 내려가는 계단은 제일 앞면, 왼쪽에 있다. 층계를 따라 설치된 난간은 매우 허름하고, 무대를 따라 굽어지며 첫번째 층계참과 경계선을 이룬다. 오른쪽 측면 가까이 열 개의 층계로 된 한 구획이 있다. 난간 왼쪽에는 계단의 빈 공간이 있고, 오른쪽에는 첫번째 층계와 각을 이루는 벽이 있다. 오른쪽 전면의 약간 들어간 곳에 가로로 된 더러운 창문이 하나 있다. 그 구획의 끝에서 난간은 다시 한번 꺾여 두번째 층계참과 경계가 되는 왼쪽 측면에서 끝난다. 이 층계참 가에는 먼지가 잔뜩 낀 전구 하나가 계단의 빈 공간을 향해 걸려 있다. 두번째 층계참에는 네 개의 문이 있다. 두 개는 측면에, 두 개는 중앙에. 오른쪽부터 왼쪽으로 1, 2, 3, 4로 구분되어 있다.

관객은 제1막과 제2막에서 잠시 지난 시절로 돌아간다. 인물들의 의상도 지난날을 회상하게 한다.

(막이 오르면 전기 수금원이 때가 찌든 서류 가방을 들고, 무대를 가로질러 힘겹게 올라가는 것이 보인다. 숨을 돌리기 위해 잠시 멈췄다가 네 개의 문고리를 차례로 두드린다. 그리고는, 헤네로사가 나와서 기둥에 기대어 기다리고 있는 1호로 다시 돌아온다. 그녀는 초라한 모습의 55세 된 부인이다.)

수금원　전기세. 2페세타.[1] (그녀에게 고지서를 건네준다. 3호 문이 열리며 50세

---

[1] 스페인 화폐 단위.

가량 되어 보이는 뚱뚱하고 느긋한 파카가 등장한다. 수금원은 조금 전과 똑같이 고지서를 건넨다.) 전기세 4페세타 10이오.

헤네로사 (고지서를 보며) 빌어먹을! 날이 갈수록 오르네! 어떻게 살아가야 할 지 모르겠어.

(안으로 들어간다.)

파카 알았어요, 알았어요! (수금원에게) 당신들은 요금 올리는 일 외에는 다른 일을 할 줄 모르나요? 전력 공사는 순 도둑놈들예요. 우리의 피를 이렇게 빨아먹는 걸 창피해할 줄 알아야 해요. (수금원은 '나보고 어떡하라고'라는 뜻으로 어깨를 한 번 들먹인다.) 게다가 웃기까지 하네!

수금원 저는 웃는 게 아니에요, 아주머니. (2호 문을 연 엘비라에게) 좋은 아침이에요. 전기세 6페세타 65.

(외출복을 입은 젊고 예쁘게 생긴 엘비라가 고지서를 받아 들고 안으로 들어간다.)

파카 속으론 웃고 있잖아요. 당신네들은 모두가 다 똑같은 인간들예요. 이모든 것이 해결되려면, 내 아들 우르바노가 말하듯이, 이 계단 빈 공간 사이로 네댓 명은 던져버려야 해요.

수금원 말씀 좀 조심하세요. 너무 예의 없이 그러지 마시고.

파카 더러운 것들!

수금원 돈 내실 거예요, 안 내실 거예요? 저 바쁜데요.

파카 알았어, 이 사람아! 우리가 힘이 없다는 걸 알고 이렇게 막 대하는

군, 우리가 이렇지만 않아도…….

(투덜거리며 안으로 들어간다. 헤네로사가 나와서 돈을 지불하고 문을 닫는다. 수금원은 다시 한번 4호 문을 두드린다. 검은 옷을 입고 수척해 보이는 도냐² 아순시온이 바로 문을 연다.)

수금원　전기세 3페세타 20.
도냐 아순시온　(고지서를 받으며) 네, 물론…… 좋은 아침이에요. 잠시만 기다려주세요. 안에 들어가서…….

(들어간다. 동전을 세며 파카가 툴툴거리며 나온다.)

파카　여기 있어요!

(꽉 쥐여준다.)

수금원　됐어요.
파카　되기는 뭐가 돼요. 계단 내려갈 때 운이 좋은지 봅시다!

(문을 쾅 닫고 들어간다. 엘비라가 나온다.)

엘비라　여기 있어요. (십 단위는 동전으로 세면서) 사십……, 오십……, 육십……오.

---

2 도냐doña는 일반적으로 나이 든 여성의 이름 앞에 붙이는 경어.

수금원   됐어요.

(쓰고 있던 모자를 손가락으로 누르며 4호 문으로 향한다.)

엘비라   (안쪽을 향하여) 안 나오세요, 아빠?

(기둥에 기대어 기다린다. 도냐 아순시온이 억지로 미소를 지으며 다시 나온다.)

도냐 아순시온   미안해서 어떡하죠? 용서하세요. 방금 전에 장을 보고 왔는데……
            우리 아들이 집에 없어서…….

(엘비라의 아버지 돈 마누엘이 외출복을 입고 나온다. 그들의 복장은 이웃들보다는 경제적으로 여유가 있어 보인다.)

돈³ 마누엘   (도냐 아순시온에게) 안녕하세요? (딸에게) 가자.
도냐 아순시온   안녕하세요! 잘 있었어? 귀여운 엘비라! 미처 못 봤네!
엘비라   안녕하세요, 도냐 아순시온.
수금원   죄송합니다만, 아주머니, 저는 지금 바쁜데요.
도냐 아순시온   네, 네…… 제가 하려고 하는 말은…… 지금은 안 되겠는데요……
            나중에 다시 오시면 안 될까요?
수금원   아주머니, 오늘이 처음이 아니잖아요…….
도냐 아순시온   뭐라고요?

---

3 돈 don은 남자 이름 앞에 붙이는 경칭. 돈 키호테 don Quijote, 바람둥이의 대명사인 돈 후안 don Juan과 같은 예이다.

수금원   매달 똑같은 이야기잖아요. 매달! 나는 다른 날 올 수도 없고, 내 돈
        으로 낼 수도 없어요. 요금을 안 내시면 전기를 끊을 수밖에 없단 말예
        요.

도나 아순시온   이번엔 우연일 뿐인데. 정말예요. 우리 아들이 집에 없어서……

수금원   쓸데없는 소리 그만 하세요! 요금이 오른 만큼 낼 생각도 않고 귀부
        인처럼 돈을 쓰고 다니니까 이런 일이 생기는 거 아니에요. 어쩔 수 없
        이 전기를 끊어야 되겠네요.

(엘비라가 아버지에게 낮은 소리로 소곤거린다.)

도나 아순시온   (이성을 잃은 듯이) 그러지 마세요. 약속할게요.

수금원   이웃에게 빌리든지…….

돈 마누엘   (딸의 소곤거림을 들은 후) 제가 끼어들어서 죄송합니다만…….

(고지서를 빼앗아 든다.)

도나 아순시온   아뇨, 돈 마누엘! 이럴 순 없어요.

돈 마누엘   별거 아닌데요, 뭘! 여유 있을 때 갚으시면 돼요.

도나 아순시온   그럼 오늘 오후에, 꼭…….

돈 마누엘   급할 것 없어요, 급할 것 없어요. (수금원에게) 여기요.

수금원   좋아요. (손으로 다시 한번 모자를 누르며) 안녕히들 계세요.

(간다.)

돈 마누엘   (수금원에게) 안녕히 가시오.

도냐 아순시온 (수금원에게) 안녕히 가세요. 너무 고마워요, 돈 마누엘. 오늘 오후에 꼭…….

돈 마누엘 (영수증을 주며) 걱정하지 마세요. 그럴 필요 없어요. 그리고 페르난 도는 어떻게 지내요?

(엘비라가 다가와서 팔짱을 낀다.)

도냐 아순시온 문구점에 있어요. 그런데 즐겁지가 않나 봐요. 월급이 너무 박해서! 내 아들이라서 하는 말은 아니지만, 그 애는 그보다 훨씬 더 가치 있고 더 좋은 일을 할 자격이 있어요. 계획이 참 많아요. 제도사도 되고 싶 고, 기술자도 되고 싶고…… 계속 책을 읽으며 생각에 젖어 있어요. 항 상 침대에 엎드려서 계획만 세우죠. 글도 써요, 시를. 얼마나 아름답다 구요! 엘비라에게 시 한 편 써주라고 말할게요.

엘비라 (당황하며) 놔두세요, 아주머니.

도냐 아순시온 너는 시를 받을 자격이 있어. (돈 마누엘에게) 앞에 있어서 하는 말이 아니라, 엘비라가 얼마나 예뻐졌는지 모르겠어요. 한 송이 카네이션 같 아요. 이 아이를 데려가는 남자는…….

돈 마누엘 됐어요, 됐어요. 그만 하세요. 너무 우쭐하겠어요. (모자를 벗고 악수 를 청한다.) 페르난도에게 안부 좀 전해주시고요. 안녕히 계세요.

엘비라 안녕히 계세요.

(내려가기 시작한다.)

도냐 아순시온 다녀오세요. 너무너무 감사해요. 안녕!

(문을 닫는다. 돈 마누엘과 엘비라, 엘비라가 내려가다가 갑자기 멈추더니 아버지를 와락 끌어안고 입을 맞춘다.)

돈 마누엘   그만 해라! 넘어지겠다!

엘비라   아빠, 사랑해요! 아빠는 너무 좋은 분이세요.!

돈 마누엘   이제 애교는 그만 떨어. 내가 바보지. 너는 항상 네가 원하는 걸 얻지.

엘비라   남을 돕는 일을 바보짓이라고 하지 마세요. 보시다시피 없는 자들은 25페세타 동전 하나도 없어요. 도냐 아순시온이 너무 불쌍해요.

돈 마누엘   (그녀의 턱을 치켜올리며) 네가 걱정하는 것은 도냐 아순시온이 아니라 바로 그 얼간이 페르난도겠지.

엘비라   아빠, 그는 얼간이가 아녜요…… 그가 얼마나 말을 잘하는지 아빠가 보신다면…….

돈 마누엘   얼간이야. 말은 잘할지 모르지만, 그는 두 다리 뻗고 누울 자리도 없어. 내 말 잘 들어. 너는 그 아이보다 백배 나아.

엘비라   (이미 층계참까지 내려간 그녀는 어린아이처럼 바닥에 발길질을 한다.) 아빠가 그에 대해 그렇게 말하는 것은 싫어요. 그가 얼마나 성공할 건지 두고 보세요. 돈 없는 게 뭐가 잘못이에요. 우리 아빠가 뭐 하러 부자 사위를 원하시겠어요?

돈 마누엘   애야.

엘비라   아빠에게 부탁 하나 할게요.

돈 마누엘   어떤 때 보면 너는 아빠 말을 전혀 듣지 않는구나.

엘비라   그렇지만 아빠를 사랑해요. 그게 훨씬 더 좋은 거잖아요. 제 부탁 들어주실 거죠?

돈 마누엘   들어봐서…….

엘비라   아뇨. 꼭 들어주셔야 해요.

돈 마누엘   무슨 일인데?

엘비라   아주 쉬워요. 아빠가 필요하신 건 부자 사위가 아니라 아빠의 사업을
          끌고 나갈 추진력 있는 사람이죠. 그러니까 페르난도에게 문구점을 그
          만두라고 하고, 좋은 대우를 해서 아빠 사무실에 데려다 놓는 거예요.
          (사이) 허락하시는 거죠?

돈 마누엘   그렇지만 만약 페르난도가 싫다고 하면…….

엘비라   아뇨. (귀를 막으며) 저 귀먹었어요.

돈 마누엘   얘야, 아빠한테 어떻게…….

엘비라   안 들려요!

돈 마누엘   (그녀의 귀에서 손을 떼면서) 그놈의 페르난도는 이 건물에 있는 아가
          씨들을 다 사로잡았어. 잘생겼지. 그러나 나는 그를 믿지 않아. 만약 그
          가 네 말을 듣지 않으면…….

엘비라   아빠는 아빠 하실 일만 하세요. 나머지는 제가 알아서 할게요.

돈 마누엘   얘야!

      (그녀는 깔깔 웃으며 아버지의 팔짱을 끼고, 그의 기분을 맞추며 왼쪽으로 내려
간다. 사이. 상냥해 보이는 아가씨 트리니가 3호 문에서 빈 병을 들고 나온다. 파카
의 외치는 소리가 들린다.)

      파카   (안에서) 적포도주로 사와. 네 아빠는 백포도주를 싫어하시는 걸 알
          지?

      트리니   알았어요.

(문을 닫고 계단으로 향한다. 헤네로사도 1호 문에서 빈 병을 가지고 나온다.)

헤네로사 안녕, 트리니!

트리니 안녕하세요? 포도주 사러 가시나요?

(함께 내려간다.)

헤네로사 그래, 그리고 우유도 사러.

트리니 카르미나는요?

헤네로사 집 정리를 하고 있어.

트리니 전기세 오른 것 보셨어요?

헤네로사 말도 마! 전기세만 올랐다면…… 우유값은? 감자는?

트리니 (비밀스럽게) 도냐 아순시온이 오늘 전기세를 못 낼 뻔한 것 아세요?

헤네로사 정말이니?

트리니 어머니가 그러셨어요. 돈 마누엘이 대신 내주셨대요. 딸이 워낙 페르
      난도를 좋아하니까…….

헤네로사 그 게으름뱅이가 그래도 꽤 호감이 가거든.

트리니 엘비라도 보통이 아니잖아요.

헤네로사 아니. 좀 안하무인이지.

트리니 아뇨. 보통이 아니에요.

(둘이 이야기하며 내려간다. 사이. 카르미나가 1호 문에서 나온다. 검소한 옷을
입었으나 아주 아름답고 소박한 아가씨이다. 앞치마를 둘렀으며, 손에는 우유병을
들고 있다.)

카르미나 (계단 틈새로 내려다보며) 어머니! 병을 두고 가셨어요! 어머니!

(할 수 없다는 듯 앞치마를 벗어서 집 안으로 던져 넣고 문을 닫는다. 그녀가 계단을 내려가는 사이에 4호 문이 조용히 열리고 페르난도가 나타난다. 그녀를 보더니 소리나지 않게 문을 닫는다. 하지만 카르미나는 그를 못 본 채 급히 무대 밖으로 사라진다. 그는 난간에 기대어 눈으로 그녀를 따라간다. 페르난도는 아주 잘생긴 젊은이다. 검은색 바지와 셔츠를 입고 있다. 4호 문이 다시 열리고 도냐 아순시온이 아들을 살펴본다.)

도냐 아순시온　너 뭐 하니?

페르난도　(불쾌해하며) 다 보셨잖아요.

도냐 아순시온　(온순하게) 화났니?

페르난도　아뇨.

도냐 아순시온　문구점에서 무슨 일 있었니?

페르난도　아뇨.

도냐 아순시온　그럼 오늘 왜 안 갔니?

페르난도　그냥요.

(침묵.)

도냐 아순시온　엘비라 아버지가 우리집 전기세를 내주셨다고 내가 말했니?

페르난도　(어머니를 돌아보며) 네, 벌써 말하셨잖아요! (그녀에게 다가가며) 제발 저 좀 내버려두세요!

도냐 아순시온　얘야!

페르난도　어머니는 저에게 우리의 가난함을 상기시켜주는 걸 즐기시나 봐요!

도냐 아순시온　아들아!

페르난도   (그녀를 안으로 밀어 넣고 문을 쾅 닫아버린다.) 들어가세요. 어서요!

(한숨을 내쉬며 다시 난간에 기댄다. 사이. 우르바노가 첫번째 층계참에 다다른다. 진한 청색 양복을 입고 있다. 검은 피부에 강하고 거칠어 보이나 진지한 표정을 한 젊은 노동자이다. 페르난도는 그가 다가오는 것을 조용히 보고 있다. 우르바노가 계단을 올라오다가 그를 보자 멈춰 선다.)

우르바노   안녕! 거기서 뭐 하니?

페르난도   안녕, 우르바노. 아무것도 안 해.

우르바노   화난 것 같은데.

페르난도   아무것도 아니야.

우르바노   이리로 내려와. (창 앞의 공간을 가리키며) 담배 한 대 줄게. (사이) 내려와, 이 사람아! (페르난도는 서두르지 않고 천천히 내려가기 시작한다.) 너, 무슨 일 있어. (담배 케이스를 꺼내며) 내가 알면 안 되는 거야?

페르난도   (다 와서) 아냐, 늘 같은 일이지…… (둘은 담배를 말며 공간 벽에 기댄다.) 이 모든 게 지겨울 뿐이야!

우르바노   (웃으며) 그건 옛날부터 그랬잖아. 난 또 무슨 일 있나 했지.

페르난도   마음대로 비웃어. 나는 내가 어떻게 참고 있나 모르겠어. (사이) 그러나 말하면 뭐 하겠어! 너의 공장에는 별일 없고?

우르바노   별일 많지! 지난번 금속공들의 파업 이후 사람들이 급속히 조합을 만들고 있거든. 그런데 너희 종업원들은 언제 우리를 따라 하지?

페르난도   나는 그런 일에 관심 없어.

우르바노   너는 바보니까. 그렇게 책만 읽어서 무엇에 쓰려는지…….

페르난도   그럼 너는 그 복잡한 일에서 얻는 게 뭔지 알려주겠어?

우르바노 　페르난도, 너는 불쌍한 인간이야. 그리고 더 큰 비극은 네가 그 사실을 모른다는 거지. 우리처럼 가진 것 없는 자들은 서로 돕지 않으면 이 생활에서 절대로 헤어나질 못해. 그리고 그 해결책이 바로 노동조합이야. 단결! 그것이 바로 우리의 목표지. 너도 네 자신이 보잘것없는 종업원이라는 사실을 알게 되면 그것이 바로 너의 목표가 될 수 있어. 그러나 너는 네 자신이 백작이라고 생각하니…….

페르난도 　나는 내가 그 뭐라고도 생각 안 해. 나는 단지 출세를 원해. 알아듣겠어? 출세 말이야! 그리고 이 추잡한 곳을 떠나는 거야.

우르바노 　그리고 다른 사람은 어찌 되어도 상관없단 말이지.

페르난도 　내가 그들과 무슨 상관이야. 어느 누구도 다른 사람을 위해 뭔가를 하지 않아. 너희들이 노동조합에 가입하는 이유는 혼자 힘으로는 출세할 자신이 없어서지. 그렇지만 그 길은 내 길이 아니야. 나는 나 혼자서도 할 수 있어. 나 혼자 할 거야.

우르바노 　나 웃어도 될까?

페르난도 　네 마음대로 해.

우르바노 　(미소지으며) 잘 들어봐, 이 바보야. 네가 말하는 대로 혼자 출세하려면, 적어도 매일 열 시간은 문구점에서 일해야 할 거야. 절대로 결근해서도 안 되고, 오늘처럼…….

페르난도 　그걸 네가 어떻게 알아?

우르바노 　네 얼굴에 씌어 있잖아! 계속 이야기해볼까? 너는 시를 쓰기 위해서 처박혀 있을 수도 없고 딴전을 피울 수도 없어. 모자라는 돈을 맞추기 위해서 부업을 찾아야 할 것이고, 저축을 한다는 행복감에 젖어 새벽 3시나 돼야 잠자리에 들게 되겠지. 너는 저축을 해야 할 테니까. 먹을 것, 입을 것, 담배를 줄여가며…… 그리고 사업을 구상하고, 방법을 궁리하는 그런 생활을 몇 년 하고 나면, 결국 배고파 죽지 않기 위해서 보잘것없는 직장도 기꺼이 받아들이게 되지…… 너는 그런 생활을 할 그 릇이 못 돼.

페르난도   두고 보자고. 당장 내일이라도…….

우르바노   (웃으며) 항상 내일부터지. 왜 진작 어제, 아니 지난달부터 시작하지 그랬어? (사이) 너는 못 해. 몽상가니까. 게다가 게으름뱅이고. (페르난 도는 분노를 삭이며 가려고 한다.) 기다려! 화내지 마! 다 친구니까 하는 얘기야.

(침묵.)

페르난도   (조금 진정하고, 약간 빈정거리듯) 내가 너에게 무슨 말을 하고 싶은 지 알아? 시간이 말해줄 거라는 것. 그때 내가 너를 불러낼게. (우르바 노가 그를 쳐다본다.) 그래, 너와 내기할게. 10년 후에 보자고. 그때 우 리 둘 가운데 누가 더 잘되어 있는지 보자고. 너와 너의 노동조합인지 아니면 나와 나의 계획들인지.

우르바노   나는 내가 크게 되지는 못할 걸 알아. 그건 너도 마찬가지고. 내가 출 세하면 우리 모두가 다 할 수 있는 거야. 그렇지만 더 확실한 건 10년 이 지난 후라도 우리는 이 계단을 오르내릴 것이고 이 작은 공간에서 담배를 피우고 있을 거라는 거지.

페르난도   나는 아냐. (사이) 비록 10년이 긴 시간은 아니라 할지라도.

(사이.)

우르바노   (웃으며) 두고 보자고. 그러나 내가 보기에 너는 그렇게 자신 있어 보이지 않는데.

페르난도 우르바노, 그게 아니고. 나는 시간이 두려워. 그것이 나를 가장 괴롭히고 있어. 하루하루가 지나가는 것을 보고, 1년이 가고…… 아무것도 달라지는 것도 없는데. 너와 내가 우리의 첫 담배를 숨어서 피우기 위해 이곳에 찾아들었던 것이 엊그제 같은데…… 벌써 10년이 지났잖아! 우리는 이 계단을 오르내리며, 우리를 이해하지 못하는 부모들 사이에서, 우리에 대해 수군거리는 이웃 사이에서, 우리는 그들에 대해 수군거리며, 모르는 사이에 다 커버렸지. 집세, 전기세, 감자값을 치르기 위해 온갖 수모를 당하고 수단도 부려가며. (사이) 그러다가 내일, 아니면 요즈음처럼, 하루같이 지나갈 수 있는 10년이라는 세월이 흐른 후에…… 이렇게 계속한다는 것은 끔찍한 일이야. 아무 곳으로 향하지 않는 이 계단을 오르내리며, 수금원을 속이고, 일을 증오하며…… 하루하루를 허송세월로 보내며…… (사이) 그래서 단호한 조치를 취해야지.

우르바노 그래서 뭘 할 건데?

페르난도 모르겠어. 그러나 뭔가는 해야지.

우르바노 혼자 하려고?

페르난도 혼자서.

우르바노 철저히 혼자서?

(사이.)

페르난도 물론이지.

우르바노 그럼 내가 충고 하나 할게. 네가 안 믿을지 몰라도 우리는 항상 남의 도움이 필요해. 너 혼자서 투쟁하다 보면 결국 너는 지치게 될걸.

페르난도 또 노동조합 얘기야?

우르바노 아니. 내가 하고 싶은 말은, 네가 진정으로 투쟁할 거라면, 실망을 피하기 위해서라도 너는 필요할 거야……

(머뭇거린다.)

페르난도 뭐가?

우르바노 여자가.

페르난도 그건 별문제 아니지.

우르바노 나도 알아. 네가 잘생기고 인기가 많다는 것을. 바로 그런 점이 너에게 불리하지. 너는 너무 잘생겼거든. 너는 이제 그 별 볼일 없는 연애질을 그만두고 진정한 사랑에 빠져야 해. (사이) 우리가 이런 얘기 안 한 지 꽤 오래됐지…… 예전에는 네가 누굴 좋아하든, 내가 누군가 좋아지면 바로 얘기하곤 했었잖아. (사이) 지금은 심각한 일 없어?

페르난도 (신중하게) 없을지도 모르지.

우르바노 내 동생은 아니겠지? 그렇지?

페르난도 네 동생? 어느 동생?

우르바노 트리니.

페르난도 아니야.

우르바노 그렇다면 로시타[4]는, 말도 안 되고.

페르난도 말도 안 되지.

(사이.)

---

4 로시타 Rosita는 로사 Rosa의 축소형이자 애칭.

우르바노   헤네로사 부인의 딸이 네 관심을 끌었을 것 같지는 않고…… (사이.
         곁눈질로 조바심을 내며 쳐다본다.) 그녀야? 카르미나야?

(사이.)

페르난도   아니.

우르바노   (웃으며 그의 등을 두드린다.) 됐어! 더 묻지 않을게. 나중에 네가 원
         할 때 말해줘. 담배 한 대 더 줄까?

페르난도   아니. (사이) 누가 오는데.

(둘은 계단 틈새로 내려다본다.)

우르바노   내 동생이네.

(로사가 등장한다. 잘생겼고 육감적인 아가씨이다. 그들 곁을 지나서, 멈추지
않고 계단을 오르다가 경멸하듯이 인사를 한다.)

로사   잘 있었어?

페르난도   안녕, 로시타.

우르바노   실컷 돌아다녔니?

로사   나는 돌아다니지 않아. 그리고 오빠가 무슨 상관이야!

우르바노   조만간에 내가 누군가의 어금니를 부러뜨리겠어.

로사   대단한 용기인데! 혹시 모르니까 오빠의 이나 조심하시지.

(올라간다. 우르바노는 그녀의 뻔뻔스러움 앞에 넋이 나간 듯 서 있다. 페르난

118

도가 웃으며 그를 부른다. 로사가 3호 문을 열기 전에 1호 문이 열리고 페페가 나온다. 카르미나의 오빠 페페는 30세가량 되어 보이는 허영심 많고 뻔뻔스러운 건달이다. 그녀는 그를 향해 돌아서서 매우 흐뭇해하며 서로를 바라본다. 그가 말을 하려하자 조용히 하라는 신호를 보내고 그가 서 있는 위치에서는 보이지 않는, 두 젊은이들이 있는 공간을 가리킨다. 페페는 몸짓으로 나중에 춤추러 가자며 사인을 보내고, 그녀는 기쁨을 감추지 않고 승낙한다. 바로 그때 갑자기 파카가 문을 열고 나오며 그들의 행동을 본다.)

파카   아주 멋있는 광경이군! (화가 잔뜩 나서 자신의 딸을 밀어붙인다.) 안으로 들어가, 못된 것! 내가 너를 즐겁게 해줄 테니까.

(페르난도와 우르바노가 고개를 내민다.)

로사   밀지 마세요! 어머니는 저를 막 대할 권리가 없어요.

파카   권리가 없다고?

로사   없지요. 저는 성인이니까요.

파카   그렇다면 누가 너를 먹여 살리는데? 천한 것!

로사   욕하지 마세요!

파카   (그녀를 밀어 넣으며) 어서 들어가! (한두 계단 내려가고 있는 페페에게) 못되고 뻔뻔스러운 것! 다시 한번 내 딸과 같이 있는 것을 보면 프라이팬으로 네 머리를 부수어버릴 거야! 내 이름이 파카인 것같이 확실하게!

페페   그러실 정도는 아닌데요.

파카   맑은 공기, 공기가 필요해! 길에다 침을 뱉어야지!

(문을 쾅 닫고 들어간다. 페페는 만족한 얼굴로 미소를 지으며 내려간다. 지나가려 하는데 우르바노가 그의 옷소매를 잡는다.)

우르바노　그렇게 서둘러 가지 마시지.

페페　(화가 나서 돌아보며) 좋아. 이 대 일이네.

페르난도　(황급히) 아냐, 아냐 페페. (비굴한 미소를 지으며) 나는 끼어들지 않아. 내 일도 아닌데.

우르바노　아니지. 내 일이지.

페페　좋아. 네가 원하는 게 뭐지?

우르바노　(그를 계속 잡고, 분노를 억누르며) 내가 하고 싶은 말은, 바보 같은 내 동생은 너를 잘 모를지 몰라도 나는 잘 안다는 말이지. 네가 루이사와 필리를 생활 전선에 내보내고 그녀들에게 빌붙어 살았다는 사실을 내 동생은 믿으려 하지 않지만 나는 모든 것이 사실이라는 걸 알아. 그리고 다시 한번 로사와 같이 있는 걸 내가 본다면, 너의 어머니를 걸고 맹세하건대, 너를 이 계단 빈 공간 사이로 던져버릴 거야! (그를 난폭하게 밀듯이 놓아준다.) 꺼져버려.

(그에게 등을 돌리며.)

페페　내가 가고 싶으면 가는 거지. 이런 코흘리개 같은 것들! (구겨진 소매를 펴며) 바닥에서 두 뼘도 안 되는 것들이 사나이와 맞먹으려 하네!

(우르바노는 들은 척도 하지 않는다. 페르난도가 그를 달래려고 끼어든다.)

페르난도　페페, 그냥 둬. 흥분하지 마. 그냥 가는 게 좋겠어.

페페   그래. 그게 낫겠어. (가려고 하다 다시 돌아보며) 어리석은 코흘리개 녀석이 감히 나를 협박하려고…… (툴툴거리며 내려간다.) 언젠가 결투를 벌여 사나이가 뭔지를 보여주겠어.

페르난도   도대체 너는 왜 그렇게 발끈하고 위협하는 것을 좋아하는지 모르겠어.

우르바노   (냉정하게) 각자 성격 나름이지. 그런 뻔뻔스러운 인간에게 친절하게 구는 너의 행동도 마음에 안 들어.

페르난도   그래도 위협만 하는 것보다는 이런 게 더 나아.

우르바노   내가 못 한다고?

페르난도   어떻게 할 수 있겠어? 너는 절대로 그 어느 누구도 계단 빈 공간으로 던지지 못해. 너는 아직도 네가 남을 해칠 수 없다는 것을 모르겠니?

(침묵.)

우르바노   너와 나는 왜 이렇게 매번 다투는지 모르겠어! 나 밥이나 먹으러 갈게. 안녕.

페르난도   (자신의 작은 복수에 기뻐하며) 또 보자, 노동조합주의자!

(우르바노는 올라가서 3호 문을 두드린다. 파카가 문을 연다.)

파카   잘 다녀왔니, 아들아. 배고프지?

우르바노   늑대보다 더요.

(들어가서 문을 닫는다. 페르난도는 난간에 기대어 계단 빈 공간 사이를 본다. 갑자기 불쾌한 듯이 작은 공간으로 몸을 숨기며 건성으로 창밖을 본다. 사이. 돈 마

누엘과 엘비라가 올라온다. 그녀는 페르난도를 보자 아버지의 팔을 지그시 누른다. 잠시 멈추었다가 계속 올라간다.)

돈 마누엘   (당황하는 엘비라를 재미있다는 듯이 보면서) 안녕? 페르난도.

페르난도   (마지못해 돌아선다. 엘비라는 처다보지도 않은 채) 안녕하세요?

돈 마누엘   일 마치고 돌아왔니?

페르난도   (주저하며) 네.

돈 마누엘   잘했네. (계속 올라가려 한다. 그러나 엘비라는 지금 페르난도에게 이야기하라고 그를 잡는다. 아버지는 마지못해 딸의 뜻에 따른다.) 내가 할말이 좀 있는데.

페르난도   편하신 대로요.

돈 마누엘   좋아, 좋아. 급할 것 없어. 내가 나중에 연락할게. 또 보자꾸나. 어머니에게 안부를.

페르난도   고맙습니다. 안녕히 가세요. (그들은 올라간다. 엘비라가 그를 보려고 자주 돌아본다. 그는 등을 돌리고 있다. 돈 마누엘은 열쇠로 문을 열고 들어간다. 페르난도는 기분 나쁘다는 몸짓을 하고 난간에 기댄다. 사이. 헤네로사가 올라온다. 페르난도는 반갑게 인사한다.) 좋은 아침이에요.

헤네로사   잘 있었니? 이것 좀 먹을래?

페르난도   고맙습니다. 많이 드세요. 그레고리오 씨는요?

헤네로사   기분이 안 좋아. 정년 퇴직해야 하기 때문에. 그는 항상 이렇게 말하지. '50년 동안 전동차를 몰면 뭘 하겠어? 결국 거리로 내몰리는데?' 퇴직금이라도 괜찮다면…… 그러나 퇴직금은 볼 것이 못 돼. 너무 비참해. 그리고 우리 페페는, 어느 누구도 정신을 차리게 하지 못해. (사이) 이놈의 인생! 앞으로 어떻게 살아야 할지 모르겠어.

페르난도   아주머니 말이 맞아요. 그래도 다행히 카르미나는……

헤네로사　카르미나는 우리들의 유일한 즐거움이야. 착하고, 부지런하고, 깔끔
하고…… 우리 페페가 그녀만 같다면…….

페르난도　제 말에 너무 신경 쓰지 마세요. 참, 카르미나가 조금 전에 찾는 것
같던데요.

헤네로사　응. 내가 우유병을 안 가지고 갔거든. 만났어. 곧 올 거야. 또 보자꾸
나.

페르난도　안녕히 가세요.

(헤네로사는 올라가서 문을 열고 들어간다. 사이. 엘비라가 문을 반쯤 열어놓고
소리 없이 층계참 쪽으로 가서 난간에 기댄다. 그는 그녀를 못 본 척한다. 그녀가 계
단 빈 공간 위에서 부른다.)

엘비라　페르난도.

페르난도　안녕!

엘비라　책을 사러 가야 하는데 같이 가주겠어? 선물할 책을 고르려 하는데
네가 많은 도움을 줄 수 있을 것 같아.

페르난도　글쎄, 가능할지 모르겠어.

(사이.)

엘비라　노력해봐. 부탁이야. 네 도움 없이는 안 될 것 같아. 내일 줘야 하거
든.

페르난도　아무리 그래도 약속할 수 없어. (그녀는 불쾌한 표정을 짓는다.) 다시
말하자면 내 도움을 받을 수 없을 거야.

(계속 계단 빈 공간을 바라본다.)

엘비라　(언짢은 듯, 그러나 미소를 지으며) 굉장히 비싸게 구네! (사이) 적어도 나를 좀 쳐다봐. 나를 쳐다보는 것이 그렇게 힘든 일도 아닐 텐데…… (사이) 그렇지?

페르난도　(고개를 들며) 뭐라고?

엘비라　내 말 안 듣고 있었어? 아니면 내가 하는 말을 들으려고도 하지 않는 거야?

페르난도　(그녀에게 등을 돌리며) 나 좀 그만 내버려둬.

엘비라　(섭섭하다는 듯이) 너는 너무 쉽게 남에게 무안을 줘. 너무 잔인해. 너는 그런 식으로 남들이 너를 좋아하는 것을 이용하지…….

페르난도　(화가 나서 돌아보며) 그 말 좀 설명해봐.

엘비라　우월감에 빠져서 자신을 도와주려는 사람들을 무시하는 것은 굉장히 쉽지…… 자신을 도와주는…… 그 도움을 잊기는 쉽지.

페르난도　(화가 나서) 이제는 너의 경망스러움을 아주 노골적으로 보여주는구나. 꼴도 보기 싫어. 꺼져버려.

엘비라　(후회하면서) 페르난도, 미안해. 사실은…….

페르난도　꺼져! 꼴도 보기 싫어! 너희들의 바보짓도 너희들의 호의도 견딜 수가 없어. 꺼져. (그녀는 상처를 입은 듯 뒷걸음친다. 서러움을 억제하지 못하고 울먹이며 들어간다. 흥분한 페르난도는 담배를 꺼낸다. 성냥을 버리는 동시에) 제기랄!

(다시 작은 공간으로 돌아간다. 사이. 파카는 집에서 나와 1호를 노크한다. 헤네로사가 문을 연다.)

파카　소금 좀 주실 수 있으세요?

헤네로사　식탁용이오, 아니면 굵은 소금이오?

파카　굵은 소금이오. 찜에 쓸 거거든요. (헤네로사가 안으로 들어간다. 파카
는 소리를 높여) 한 줌이면 돼요…… (헤네로사가 조그만 종이를 들고 온
다.) 고마워요.

헤네로사　천만에요.

파카　이달 전기세는 얼마나 냈어요?

헤네로사　2페세타요. 말도 안 돼. 그것도 될 수 있는 대로 불을 켜지 않는
데…… 아무리 노력해도 2페세타에 머물지 못해요.

파카　너무 불평하지 말아요. 나는 4페세타 10을 냈는걸요.

헤네로사　당신들은 방도 하나 더 있고 식구도 더 많잖아요.

파카　그게 무슨 상관예요. 내 방은 거의 켜질 않는데. 후안과 나는 어둠 속
에서 잠자리에 들어요. 우리 나이에 볼 게 뭐 있다고…….

헤네로사　세상에!

파카　내가 뭐 잘못 말했나요?

헤네로사　(힘없이 웃으며) 아뇨, 그러나…… 당신의 그 입요, 파카!

파카　입이 왜 있는데요? 쓰려고 있는 거 아니에요.

헤네로사　잘 쓰라고 있죠.

파카　나는 아무도 욕하지 않았는데.

헤네로사　아무리 그래도 그렇지…….

파카　보세요, 헤네로사. 당신은 너무 기운이 없어요. 그게 문제예요! 중얼
거리지도 못하잖아요.

헤네로사　신이 저를 용서하시길! 나는 아직 너무 많이 중얼거려요.

파카　그것이 바로 인생의 맛인데요! (비밀스럽게) 그건 그렇고, 돈 마누엘
이 도냐 아순시온의 전기세를 내준 것 아세요?

(페르난도는 점점 불쾌한 표정을 지으며 한마디도 놓치지 않는다.)

헤네로사 트리니가 벌써 말해줬어요.

파카 트리니가요! 입을 다물었어도 됐을 텐데. (어조를 바꾸며) 내 생각에는 엘비라가 아버지에게 요청했을 것 같아요.

헤네로사 그런 호의를 베푸는 게 처음도 아닌데요.

파카 그러나 진짜로 이 일을 만든 것은 도냐 아순시온이었어요.

헤네로사 그녀가요?

파카 물론이죠. (목소리를 흉내내며) '수금원 아저씨, 죄송해요, 지금은 안 되겠는데요. 안녕하세요, 돈 마누엘! 낼 수가 없어요, 수금원 아저씨! 안녕 엘비리타,⁵ 너 정말 멋있구나!' 이것이 그에게 뻔뻔스럽게 요청하는 것 아니면 뭐겠어요?

헤네로사 참 나쁘게 생각하시네요.

파카 나쁘게 생각한다구요? 나는 비난하는 게 아니에요. 65페세타의 연금과 능력도 없는 아들을 가진 여자가 어떻게 하겠어요.

헤네로사 페르난도는 일하잖아요.

파카 그래서 뭘 버는데요? 보잘것없는 월급! 연료비, 음식과 집 유지비로 쓰고 나면 없는데. 더군다나 여러 날 월급을 빼먹었잖아요. 그리고 문구점에서 쫓겨날지도 몰라요.

헤네로사 불쌍한 것! 그런데 왜요?

파카 왜냐하면 거의 안 나가거든요. 내 생각에는 그 아이가 엘비리타를 낚으려는 것 같아요…… 그 아이 아버지의 돈도…….

---

5 엘비리타 Elvirita는 엘비라 Elvira의 축소형으로 애칭으로 쓰인 것이다. 스페인어권에서는 사람 이름에 -ito나 -ita를 붙여 애칭으로 많이 부른다.

헤네로사 거꾸로가 아닐까요?

파카 말도 안 돼. 그 아이는 기술이 좋아요. 그래서 사람들이 자신을 좋아하게 만들어요. 워낙 잘생겼으니까요! 진짜 그렇잖아요, 그건 부정할 수 없어요.

헤네로사 (계단 빈 공간을 보고 돌아온다.) 카르미나는 아직 안 오네…… 그런데 파카, 돈 마누엘에게 돈이 있다는 게 사실인가요?

파카 당신도 알다시피 그는 사무원이었어요. 그런데 독립해 만든 회사에서 돈을 아주 잘 버나 봐요. 아는 사람도 많고 재주도 좋으니까요…….

헤네로사 뭐 하는 회산데요?

파카 돈 나오는 곳이죠. 허가증, 증명서 등을 떼어주는…… 사업이죠! 이제 그만 가봐야겠어요. 늦었어요. (가려고 하다 멈추며) 그레고리오 씨는 안녕하세요?

헤네로사 기분이 안 좋아요. 불쌍한 사람. 나이 때문에 퇴직을 해야 돼서…… 그가 이런 말을 해요. '50년 동안 뼈빠지게 전동차를 몰면 뭘 하겠어? 결국 거리로 내몰리는데?' 그리고 퇴직금은 형편없어요. 파카, 당신도 알잖아요. 너무나 힘든 삶이에요. 하느님! 어떻게 살아나갈지 모르겠어요. 그리고 우리 페페는 전혀 도움이 안 되죠.

파카 페페는 건달이에요. 이렇게 말해서 죄송하지만, 그러나 당신도 아시잖아요. 전에도 얘기했듯이 우리 로사와 같이 있는 걸 보지 않았으면 해요.

헤네로사 (자존심이 상해서) 당신 말이 맞아요. 불쌍한 것!

파카 불쌍하다구요? 우리 로사와 같은 부류죠. 나는 가슴 아프지 않아요. 우리가 불쌍하죠, 헤네로사, 우리가요! 우리가 뭘 잘못해서 이런 벌을 받나요? 당신은 아시나요?

헤네로사 그들 때문에 속상한 것만이라면…….

파카 바로 그거예요. 모든 것이 고통스럽죠. 인생은 지긋지긋해요. 나중에 봐요, 헤네로사. 그리고 고마워요.

헤네로사 안녕히 가세요.

(둘이 각자의 방으로 들어가 문을 닫는다. 지긋지긋하다는 표정으로 페르난도는 난간에 기댄다. 갑자기 자세를 바로 하고 관중을 향해 서서 기다린다. 카르미나가 우유병을 가지고 올라온다. 그들의 시선이 교차된다. 그녀는 시선을 깔고 지나가려 한다. 페르난도가 그녀의 팔을 잡는다.)

페르난도 카르미나.

카르미나 놔주세요.

페르난도 안 돼, 카르미나. 항상 나를 피하는데 이번에는 내 말 좀 들어야겠어.

카르미나 부탁예요, 페르난도…… 저를 놔주세요!

페르난도 우리가 어렸을 때는 서로 반말을 했었지…… 그런데 이제는 왜 나에게 반말을 하지 않는 거지? (사이) 그때 기억을 못 하는 거니? 나는 너의 연인이었고 너는 나의 연인이었지…… 내 연인…… 그리고 우리는 이곳에 앉곤 했지. (계단을 가리키며) 바로 이 계단에, 놀다가 지쳐서…… 계속 연인놀이를 하며.

카르미나 그만 하세요.

페르난도 그때 너는 나에게 반말을 했었어. 그리고…… 나를 사랑했었지.

카르미나 그때는 제가 너무 어렸어요…… 기억이 잘 안 나요.

페르난도 아주 예쁜 소녀였지. 아직도 그렇고. 그리고 잊었을 리가 없어. 나는 잊지 않았거든. 카르미나, 그 기억이 우리가 살고 있는 이 추잡함 속에서 유일하게 내가 가지고 있는 아름다운 추억이야. 그리고 너는 나에게 항상 예전의 너라는 것을 말하고 싶었어.

카르미나 비웃지 마세요.

페르난도 진짜야. 맹세할게.

카르미나 그럼 당신이 데이트하고…… 그리고 입맞춤한 다른 여자들은?

페르난도 네 말이 맞아. 네가 나를 믿지 않는 걸 이해해. 그러나 남자란……
설명하기가 좀 어려워. 너에게 말도 못 하고……, 입맞춤도 못 한 이유
는…… 그건 너를 사랑했고, 지금도 사랑하니까 그랬던 거야.

카르미나 믿을 수가 없어요.

(가려고 한다.)

페르난도 안 돼, 안 돼. 부탁할게. 가지 마. 내 말을 꼭 들어야 해…… 그리고
날 믿어야 해. 이리 와봐. (그녀를 첫번째 계단으로 데리고 간다.) 예전
처럼.

(약간의 힘을 가하여 그녀를 벽 옆에 앉힌다. 우유병을 빼앗아 자기 옆에 놓고
그녀의 손을 잡는다.)

카르미나 누가 우릴 보면 어떡하죠?

페르난도 그게 무슨 상관이야. 카르미나, 제발 부탁이야. 내 말을 믿어줘. 너
없이는 살 수가 없어. 나는 절망에 빠져 있어. 우리를 둘러싸고 있는 추
잡함이 나를 숨막히게 해. 너의 사랑이 필요하고 너의 위로가 필요해.
네가 도와주지 않으면 난 앞으로 나아갈 수가 없어.

카르미나 왜 엘비라에게 부탁하지 않죠?

(침묵. 그는 그녀를 흥분과 기쁨 어린 눈으로 바라본다.)

페르난도   너는 나를 사랑하는구나! 난 알고 있었어! 너는 나를 사랑할 수밖에 없었어. (그녀의 고개를 들어올린다. 그녀는 마지못해 웃는다.) 카르미나, 나의 카르미나!

(그녀에게 입맞추려 하지만 그녀가 막는다.)

카르미나   엘비라는요?
페르난도   그녀를 경멸해! 돈으로 나를 유혹하려 해. 꼴도 보기 싫어.
카르미나   (씩 웃으며) 나도!

(둘은 함께 행복하게 웃는다.)

페르난도   이제는 내가 너에게 물어야겠어, 우르바노는?
카르미나   좋은 사람이죠! 좋아 죽겠어! (페르난도가 화를 낸다.) 바보!
페르난도   (그녀의 허리를 감싸안으며) 카르미나, 내일부터는 너를 위해 열심히 일할 거야. 나는 이 가난함과 더러움에서 벗어나고 싶어. 벗어나서 너도 꺼내주고 싶어. 이웃들 간의 수군거림과 다툼을 영원히 뒤로 하고…… 영원히 끝내고 싶어. 궁핍함에 대한 불안감도, 너무나 불편하게 느껴지는 도움들도, 서툴고 맹목적인 부모님들의 사랑도.
카르미나   (나무라듯) 페르난도!
페르난도   그래. 이 모든 것과 끝내는 거야. 네가 도와줘. 들어봐. 나는 공부를 할 거야. 알겠어? 아주 많이. 우선 나는 제도사가 될 거야. 그건 쉽거든. 1년이면…… 그때쯤이면 돈을 많이 벌 테니까 십장이 되기 위해 공부할 거야. 3, 4년 안에 나는 모든 건축업자들이 필요로 하는 십장이 되어 있을 거야. 돈도 많이 벌 거야. 그때쯤이면 너는 내 아내가 되어 있을 테고 우리는 다른 마을에서 살고 있을 거야. 조용하고 깨끗한 조그만 아파트에서. 계속 공부할 거야. 누가 알아? 그때쯤이면 기술자가 돼 있을지 모르지. 그리고 두 가지 일을 병행하는 것이 불가능하지 않으니까 시집을 한 권 출판할 거야. 많은 인기를 얻을……

카르미나　(황홀해하며 듣고 있던 그녀가) 우린 얼마나 행복할까!

페르난도　카르미나!

(그녀에게 입맞추려 몸을 기울이다 발로 우유병을 찬다. 우유가 요란스럽게 엎질러진다. 그들은 떨면서 일어나 놀라움을 금치 못하고 바닥의 커다란 하얀 얼룩을 본다.)

막이 내려옴.

제2막

10년이란 세월이 흘렀음에도 불구하고 그 어느 곳에서도 세월의 흔적을 찾아볼 수 없다. 계단은 여전히 초라하고 더럽고, 문에도 초인종은 없고, 창문의 유리는 닦지 않은 채 그대로 있다.

(막이 시작되면 무대에는 헤네로사, 카르미나, 파카, 트리니와 후안이 있다. 후안은 키가 크고 비적 말랐으며, 시대에 맞지 않는 늘어진 긴 콧수염을 가진 돈 키호테적 분위기의 노인이다. 다른 사람들에게서 세월의 흐름을 찾아볼 수 있다. 파카와 헤네로사는 거의 백발이 되었고, 트리니는 화사해 보이는 성숙한 여인이다. 카르미

나는 여전히 아름다우나 그 아름다움이 시들기 시작했음을 볼 수 있다. 옷은 세월에 따라 현대화됐지만 모든 사람들의 옷차림은 여전히 초라해 보인다. 1호와 3호 문은 활짝 열려 있고, 2호와 4호 문은 닫혀 있다. 모든 사람들이 난간에 기대어 계단 빈 공간 사이를 보고 있다. 헤네로사와 카르미나는 울고 있다. 딸이 엄마의 등을 팔로 감싼다. 잠시 후 헤네로사가 계단을 내려가 첫번째 층계참에서 계속 아래층을 바라본다. 카르미나가 그녀의 뒤를 따른다.)

카르미나   가세요 어머니…… (헤네로사가 눈물을 흘리며 계속 아래층을 바라보다 그녀를 옆으로 비키게 한다.) 가세요…….

(그녀 역시 바라본다. 계속 아래층을 보며 둘은 서로를 끌어안고 흐느낀다.)

헤네로사   정문에 다다랐네…… (사이) 거의 보이질 않아…….
후안   (위에서. 자신의 부인에게) 얼마나 땀을 흘리던지! 굉장히 무거웠나봐.

(파카가 조용히 하라고 사인을 보낸다.)

헤네로사   (딸을 끌어안으며) 이젠 우리 둘뿐이야. 둘뿐! (사이. 갑자기 포옹을 풀고 있는 힘을 다해 계단을 올라간다. 카르미나가 그녀를 따른다. 올라가면서) 당신의 발코니에서 보게 해주세요, 파카. 보도록 해주세요!
파카   그래요.

(헤네로사가 황급히 3호 문으로 들어간다. 그녀의 뒤를 카르미나와 파카가 따른다.)

트리니	(생각에 골몰해 난간에 기대 있는 아버지를 보고) 안 들어오세요?

후안	응. 뭐 하러? 지금까지 살아오면서 많은 장의차가 가는 걸 봤어. (사이) 도냐 아순시온 때도. 기억나니? 일류급 장례식이었지. 벨벳으로 된 관에다…….

트리니	돈 마누엘이 장례비를 지불했대요.

후안	그랬을 거야. 비록 돈 마누엘의 장례식은 덜 화려했지만.

트리니	그건 자식들이 돈을 내서 그랬죠.

후안	물론이지. (사이) 그리고 이제 그레고리오. 어떻게 10년을 살았나 몰라. 퇴직 후 그는 고개를 들지 않았지. (사이) 우리 모두에게 시간은 오지.

트리니	(다가가며) 아버지, 그런 말씀 마세요.

후안	하지만 그것이 사실인걸, 딸아! 그리고 어쩌면 아주 빨리.

트리니	그런 생각 마세요. 아버지는 아직 건강하시잖아요.

후안	그렇게 믿지 마. 겉으로는 그렇게 보이지만 속으로는…… 안 아픈 곳이 없어. (관심 없다는 듯 4호 문으로 다가가다 트리니를 바라본다. 부끄러운 듯이 문을 가리키며) 이것이, 이것이 나를 죽일 거야.

트리니	(다가가면서) 아뇨, 아버지. 로시타는 착해요…….

후안	(슬픈 미소를 지으며 다시 문에서 멀어진다.) 착하지! (자기 집을 기웃거리다 한숨을 짓는다. 2호 문 옆을 지나가며 잠시 귀를 댄다.) 이것들은 찍소리도 없네.

트리니	아무 소리 없는데요.

(그후 아버지는 1호 문 앞에 선다. 문틀에 손을 대고 비어 있는 안을 본다.)

후안   오랜 친구여, 더 이상 카드 놀이도 못 하겠구려.

트리니   (슬픔에 젖어 그에게 다가가, 그를 잡아끈다.) 아버지, 이제 그만 들어
        가요.

후안   낮과 밤만 남는군…… 낮과 밤. (1호 문을 바라보며) 깡패 같은 아들
        과 함께…….

트리니   아버지, 그만 하세요.

(사이.)

후안   우리 모두에게 때가 오지.

(그녀는 부정하는 의미로 고개를 흔든다. 지친 헤네로사가 3호 문에서 나온다.
양쪽에는 파카와 카르미나가 서 있다.)

파카   이제 그만 울어요. 산 사람은 살아야지. 앞으로 나아가야지.

헤네로사 힘이 없어요.

파카   그럼 힘을 만들어야지. 안 그런가?

헤네로사 그레고리오가 얼마나 좋은 사람이었는데.

파카   우리 모두 죽어요. 그게 삶의 법칙이거든.

헤네로사 나의 그레고리오…….

파카   그만 해요. 우리 둘이 집을 쓸자구요. 그리고 우리 트리니가 장을 보
        고 와서 음식을 만들 거예요. 내 말 들었니, 트리니?

트리니   네, 어머니.

헤네로사 나도 곧 죽을 거야.

카르미나 어머니!

파카	누가 죽는 생각을 해.
헤네로사	죽기 전에 내 딸을 좋은 남자에게 맡기고 싶어.
파카	죽지 않고 살아서 하는 것이 더 낫지.
헤네로사	뭘 위해서!
파카	손자들을 보기 위해서지! 손자 보고 싶지 않아요?

(사이.)

헤네로사	그레고리오!
파카	좋아요. 이제 다 끝났어요. 들어가죠. 후안, 들어올 거예요?
후안	조금 있다 들어갈게. 아까 말한 것처럼요, 헤네로사! 기운 내세요!

(그녀를 포옹한다.)

헤네로사	고마워요.

(후안과 트리니는 집 안으로 들어가 문을 닫는다. 헤네로사, 파카와 카르미나는 1호 문으로 향한다.)

헤네로사	(문을 닫기 전에) 이제 우리는 어떻게 될까? 우리 딸은? 파카! 우리 카르미나는 어떡해?
카르미나	너무 조급하게 그러지 마세요.
파카	물론이지. 우리 모두 앞으로 나아갈 거야. 항상 좋은 친구들이 있을 테니까.
헤네로사	모두 다 너무 좋은 사람들예요.

파카　좋기는 무슨. 어린애처럼 때려주고 싶네.

(안으로 들어간다. 계단이 텅 빈다. 사이. 2호 문이 조심스럽게 열리고 페르난도
가 나온다. 세월이 그를 평범하게 만들었다. 계단을 살피더니 안을 향해 말하며 나온
다.)

페르난도　나와도 돼. 아무도 없어.

(그러자 엘비라가 젖먹이 아이를 품에 안고 나온다. 페르난도와 엘비라는 검소
한 복장을 하고 있다. 그녀는 아름답지만 예전의 발랄한 모습은 찾아볼 수가 없다.)

엘비라　어떡할래요? 창피하게. 조의를 표할 거예요, 말 거예요?
페르난도　지금은 아니야. 우리 거리로 나가서 결정하자구.
엘비라　우리가 결정하자구요? 내가 결정해야 할걸요, 항상 그렇듯이. 당신
　　　　이 결정을 하려면 우리는 아무것도 못 해요. (페르난도가 언짢은 표정을
　　　　짓고 입을 다문다. 그리고 내려가기 시작한다.) 결정한다고요! 당신은 언
　　　　제 돈을 벌 결정을 할 건데요? 우리가 계속 이렇게 살 수 없다는 걸 알
　　　　잖아요. (사이) 물론이지, 당신은 장인만 믿었지! 그러나 이제 장인은
　　　　없어. 부인은 왜 없어지지 않는지 나도 모르겠네.
페르난도　엘비라!
엘비라　그래요, 당신에게 진실을 말한다고 화내보세요. 당신이 할 줄 아는
　　　　일은 그것밖에 없죠. 화내는 것밖에. 당신은 십장도 되고, 기술자도 되
　　　　고 국회의원까지도 된다고 그랬죠! 하! 바로 모든 여자들에게 했던 이
　　　　야기였죠. 당신 말을 믿은 내가 바보지! 내가 선택한 것이 무엇인지만
　　　　알았더라도…… 당신이 응석받이 어린애라는 것을 알았더라면…… 바

136

보 같은 당신 엄마는 그것밖에 할 줄 몰랐지. 당신의 응석 받아주는 것
밖에.

페르난도　(멈춰 서며) 엘비라! 우리 엄마에 대해 그렇게 말하는 건 용서 못 하
겠어. 내 말 알아들어?

엘비라　(화를 내며) 당신이 그렇게 가르쳤잖아요. 당신이 나쁘게 말했잖아
요.

페르난도　(입 속으로 중얼거리며) 너는 항상 욕심 많고 버릇없는 아이였지.

엘비라　욕심이 많다고요? 내 욕심은 딱 한 가지였어요. 오로지 하나! 그리
고…….

(페르난도는 페페가 올라오고 있다는 걸 알리려고 그녀의 원피스 자락을 당긴
다. 페페는 자신의 외모를 유지하려고 기를 쓴 흔적이 역력하게 보인다.)

페페　(지나가며) 안녕.

페르난도　안녕하세요?

엘비라　안녕하세요?

(둘은 내려간다. 페페는 계단 빈 공간 사이를 내려다본다. 그리고 혼자 중얼거
리며 올라온다.)

페페　그 녀석 여전히 잘생겼네.

(4호 문으로 가다가 그의 옛 집이었던 1호 문을 바라보며 다가간다. 잠시 머뭇
거리다 다시 4호 문으로 돌아와서 노크한다. 창백하고 야윈 로사가 문을 연다.)

로사   (쌀쌀하게) 뭐 하러 왔어요?

페페   밥 먹으러 왔지, 우리 공주님.

로사   밥 먹으러 왔다구요? 밤새도록 여자들과 술에 취해 지내다가, 밥 먹
       을 시간이 되니까 로사가 뭘 장만했나 보러 오는군요.

페페   화내지 마, 나의 새끼 고양이.

로사   뻔뻔스러운 것! 구제 불능! 돈은요? 밥 먹을 돈은요? 돈 없이 먹을
       것을 장만할 수 있다고 생각해요?

페페   이봐, 당신은 지금 나를 짜증나게 하고 있어. 내가 말했듯이 집안에
       돈을 가지고 오는 의무는 나에게 있는 것만큼 너에게도 있어.

로사   당신이 어떻게 감히……

페페   낭만적인 이야기는 집어치워. 복잡하고 짜증나는 일이라면 나는 가
       버릴 거야. 당신 알잖아.

(그녀는 울기 시작하며 그의 앞에서 문을 닫는다. 그는 재미있다는 듯이 문 앞
에 서 있다. 트리니가 바구니를 들고 3호 문에서 나온다. 페페가 돌아본다.)

트리니   (계속 걸으며) 안녕?

페페   너는 날이 갈수록 예뻐지는구나. 포도주처럼 세월이 갈수록 말이야.

트리니   (갑자기 뒤돌아보며) 내가 로사처럼 바보라고 생각한다면, 그건 큰
       오산이에요.

페페   그렇게 화내지 마, 새끼 비둘기.

트리니   당신 아버지가 돌아가시는 동안 그렇게 떠돌아다닌 것이 창피하지도
       않으세요? 오늘이 장사 지내는 날이어서 당신 어머니와 여동생이 저기
       서 울고 있는 걸 모르세요? (1호 문을 가리키며) 이제 그들은 어떻게 할
       건가요? 죽도록 바느질을 하겠죠? (그는 모르겠다는 듯이 어깨를 움츠

린다.) 그래요, 당신은 아무 상관 없죠, 그렇죠? 으윽! 구역질나요.

페페   당신들은 항상 돈 생각만 하지. 여자들은 항상 돈밖에 몰라!

트리니   그리고 당신은 여자들에게서 돈을 울거내죠. 왜냐하면 당신은 비열한 건달이니까요.

페페   (싱글거리며) 그렇게 화내지 마. 예쁘다는 말 한마디에 너무 그러네!

(외출복을 입고 돌아오던 우르바노가 대화의 마지막 말을 듣고 화가 나서 올라온다.)

우르바노 그런 쓸데없는 말들은 지금 당장 삼켜버려. (그에게 달려가 옷깃을 잡아 흔들면서) 네가 트리니를 괴롭히는 걸 용서 안 하겠어. 내 말 알아들어?

페페   우르바노, 그렇게 화낼 정도는 아닌데.

우르바노 몹쓸 놈! 너 뭘 원해? 그녀도 망가뜨리려고? 이 건달! (그를 난간으로 밀어붙이며) 아버지 장례식에도 참석 안 한 못된 인간! 언젠가 너를 던져버리겠어! 던져버릴 거야!

(그때 로사가 당황해하며 4호 문에서 나온다. 그들을 떼어놓으려 하며, 손을 놓으라고 우르바노를 때린다.)

로사   그를 놔줘! 오빠는 그를 때릴 자격이 없어!

트리니   (얌전하게) 오빠 말이 맞아…… 나를 귀찮게 하지 말라고 해.

로사   입 닥쳐, 죽은 모기 새끼 같은 게!

트리니   (가슴 아파하며) 로사!

로사   (우르바노에게) 그를 놓으라니까!

우르바노 (페페를 놓아주지 않은 채) 아직까지도 그를 감싸네, 바보 같은 것.

페페 욕하지 마시고.

우르바노 (그 말에 신경 쓰지 않고) 이런 넝마 같은 것 때문에 네 인생을 망가뜨리다니…… 건달에다…… 비겁한 놈 때문에.

페페 우르바노, 그런 말들은…….

우르바노 입 닥쳐!

로사 오빠가 무슨 상관이야? 내가 언제 오빠 일에 간섭했어? 오빠가 누구를 좋아한다거나, 누구를 소개받는다 해서 내가 언제 간섭한 적 있어? 아무도 사랑할 줄 모르는 자와 사느니 차라리 페페와 사는 게 훨씬 나아.

우르바노 로사!

(3호 문이 열리면서 잔뜩 화가 난 후안이 나온다.)

후안 그만 해! 그만들 해! 나를 죽게 만들겠어! 그래. 내가 죽을게. 그레고리오처럼 나도 죽을게!

트리니 (소리를 지르며 아버지에게 달려간다.) 아버지, 안 돼요!

후안 (그녀를 밀며) 나를 좀 내버려둬. (페페에게) 왜 그 아이를 딴 집으로 데려가지 않았어? 왜 이곳에 남아서 우리 모두의 인생을 비참하게 하는 거야.

트리니 아버지, 그만 하세요.

후안 그래. 그만 하는 것이 낫겠지. (우르바노에게) 너는 그 걸레를 놔줘.

우르바노 (페페를 로사에게 던지며) 가. 어서 데리고 가.

(파카가 1호 문에서 나와 문을 닫는다.)

파카　도대체 무슨 난리야? 여기 사람이 죽은 걸 모르나? 무식한 사람들!

우르바노　어머니 말씀이 맞아요. 불쌍한 저 여자들에 대한 배려를 전혀 안 했어요.

파카　물론 내 말이 맞지. (트리니에게) 너 아직 여기서 뭐 해? 어서 장보러 가지 않고! (트리니는 고개를 숙이고 계단을 내려간다. 파카가 남편에게 질책한다.) 당신이 저런 쓰레기들과 상관할 일이 있어요? (페페와 로사를 가리키며. 로사는 자신의 어머니로부터 언급된 걸 가슴 아파하며 4호 문으로 들어가 문을 쾅 닫는다.) 들어가자구요. (후안을 문 쪽으로 데리고 간다. 그곳에서 우르바노에게) 장례식은 다 끝났어?

우르바노　네, 어머니.

파카　그럼 왜 가서 알려주질 않니?

우르바노　지금 가요.

(페페는 양복을 매만지며 내려가고, 파카와 후안은 들어가서 문을 닫는다.)

페페　(첫 계단에 다다른 그가 우르바노를 곁눈질하며) 나를 비겁하다고 하다니. 내가 치고 받고 싸우지 않는 것은 그들이 혐오스러워서인데. 나보고 비겁하다니! (사이) 끔찍한 이웃들! 교양도 없고, 사람 대할 줄도 모르고, 그리고…….

(그는 중얼거리며 간다. 잠시 쉼. 우르바노는 1호 문으로 다가간다. 다다르기 전에 손에 바구니를 든 카르미나가 나온다. 문을 닫고 그들은 서로 마주 본다. 잠시 쉼.)

카르미나   저기…… 끝났어요?

우르바노   응.

카르미나   (눈물을 닦으며) 고마워요, 우르바노. 우리에게 너무 잘해줘요.

우르바노   (더듬거리며) 별거 아니야. 너도 알다시피…… 우리는…… 항상 기
          꺼이…….

카르미나   고마워요. 알아요.

(사이. 그와 함께 계단을 내려간다.)

우르바노   장…… 장보러 가?

카르미나   네.

우르바노   그냥 놔둬. 나중에 트리니가 갈 텐데. 너는 아무것도 신경 쓰지 마.

카르미나   그녀가 가려고 했는데 잊어버린 것 같아요.

(침묵.)

우르바노   (멈춰 서며) 카르미나…….

카르미나   네?

우르바노   이제 뭘 할 건지 물어봐도 될까?

카르미나   모르겠어요. 바느질이나 하겠죠.

우르바노   살아나갈 수 있겠어?

카르미나   모르겠어요.

우르바노   네 아버지의 퇴직금이 많지는 않았지만, 그것마저 없으면…….

카르미나   그만 하세요.

우르바노   미안해…… 기억하게 하는 것이 아니었는데.

카르미나 그게 아니라…….

(계속 가려 한다.)

우르바노 (길을 막으며) 카르미나, 나는…….

카르미나 (빠르게 말을 막으며) 당신은 참 좋은 사람이에요. 아주 좋은. 우리를
위해 최선을 다하죠. 고맙게 생각해요.

우르바노 그건 아무것도 아니야. 아직 해주고 싶은 게 훨씬 많은데.

카르미나 이미 많이 했어요. 어쨌든 고마워요.

(계속 가려고 한다.)

우르바노 잠깐만, 부탁이야! (그녀를 작은 공간으로 데리고 간다.) 카르미나, 나
는…… 나는 너를 사랑해. (그녀는 슬프게 미소짓는다.) 오래전부터 너
를 사랑했어. 너도 알잖아. 하필 오늘 이야기를 해서 미안해, 무식하게.
그러나 네가 단 하루라도 궁핍한 걸 보고 싶지 않아서야. 너도, 너의 어
머니도. 나에게 기다려도 된다는 말만 해줘도…… 나는 굉장히 행복할
텐데…… (사이. 그녀가 시선을 내린다.) 네가 나를 사랑하지 않는 걸
알아. 이상한 일도 아니지. 왜냐하면 나는 별로 잘나지 못했거든. 너에
비해 나는 너무 보잘것없어. 그러나 너를 행복하게 하려고 노력할 수
있어. (사이) 대답해주지 않겠어…….

카르미나 저는…… 결혼 안 할 생각을 했었는데요…….

우르바노 (고개를 숙이며) 어쩌면 너는 아직도 딴 사람을 사랑하는지도 모르
지…….

카르미나 (불쾌하다는 듯이) 아니에요. 그건 아녜요!

우르바노   아니면…… 내가 싫은 거야?

카르미나   아녜요!

우르바노   물론 내가 노동자에 불과하다는 걸 잘 알아. 배운 것도 없고 출세할
          자질도 없다는 것도…… 차라리 그게 더 나아. 그래야지 실망도 하지
          않을 것 아냐. 다른 사람들처럼.

카르미나   우르바노, 부탁인데요…….

우르바노   쓸모없는 귀공자보다는 슬픈 노동자가 더 나아. 그러나 네가 나를 받
          아준다면 나는 반드시 출세할 거야. 그래, 출세! 왜냐하면 네가 내 옆
          에 있으면 나는 힘이 넘칠 거야! 너를 위해 일할 힘이. 나는 기술을 배
          워서 돈을 더 벌 거야. (그녀는 슬픈 듯이, 조용히 고개를 끄덕거린다. 과
          거의 비슷한 순간을 기억하며) 우리는 같이 살 거야. 너의 어머니, 너와
          나. 노인네에게 남은 삶 동안 조금이나마 기쁨을 드리겠지. 그리고 너
          는 나를 행복하게 할 거야. (사이) 나를 받아줘. 부탁이야.

카르미나   당신은 참 좋은 사람이에요.

우르바노   카르미나, 부탁이야. 내 애인이 되어줘. 그 이름으로 너를 돕게 해줘.

카르미나   (그의 품안에서 위안을 찾으며 운다.) 고마워요, 고마워요!

우르바노   (놀란 듯이 멍해서) 그렇다면…… 그래? (그녀가 끄덕인다.) 내가 너
          한테 고맙지! 너는 나한테 과분해.

(잠시 포옹하고 있다가 서로 손을 잡고 포옹을 푼다. 그녀가 눈물 사이로 미소
짓는다. 파카가 집에서 나와 살피듯이 자동적으로 층계참을 쳐다보다가 뭔가 본 듯
하다. 더 잘 보기 위해 4호 문으로 다가가 난간에 몸을 기울이고 그들을 알아본다.)

파카   거기서들 뭐 해?

우르바노   (카르미나와 같이 고개를 내밀며) 카르미나에게 설명하고 있었어

요…… 장례식을.

파카   좋은 이야깃거리네. (카르미나에게) 바구니 들고 어디 가는 거니?

카르미나   장보러요.

파카   트리니가 너 대신 가지 않았니?

카르미나   아뇨…….

파카   난리 통에 잊어버렸나 보군. 너는 집에 있어. 내가 갈게. (내려가며 우르바노에게) 그녀들과 함께 있어줘, 어서. (멈춘다. 큰 소리로) 안 올라올 거야? (그들은 서둘러 올라온다. 파카는 내려가고 그들과 계단에서 교차한다. 바구니를 빼앗으며 카르미나에게) 바구니는 이리 줘. (계속 내려간다. 그들을 다시 쳐다보고 그들도 어수선한 표정으로 그녀를 쳐다본다. 카르미나는 자신의 열쇠로 문을 열고 들어가 문을 닫는다. 파카는 뭔가 의미있는 몸짓을 하며) 하! (거의 다 내려가서 난간 사이로 올라오고 있는 트리니에게 묻는다.) 왜 헤네로사네 바구니는 안 가지고 갔니?

트리니   (안쪽에서) 잊어버렸어요. 그래서 왔어요.

(자신의 빈 바구니를 들고 나타난다.)

파카   바구니는 이리 줘. 내가 갈게. 아버지한테 가봐. 너는 아버지를 위로할 줄 알잖아.

트리니   무슨 일이신데요?

파카   아무것도 아냐…… 로사 때문이지. (다시 한숨을 쉰다.) 돈 이리 줘. (트리니가 동전 몇 개를 건네주고 가려 한다. 파카가 비밀스럽게) 저기, 너 혹시 아니……?

트리니   (멈추면서) 뭔데요?

파카   아무것도 아니야. 나중에 보자.

(간다. 트리니는 올라간다. 두번째 층계참에 다다르기 전에 후안이 나와 문을 닫으려 하다 그녀를 본다.)

트리니　어디 가세요?

　후안　저 불쌍한 여자들 위로 좀 해주러. (사이) 장 안 봤니?

트리니　(그에게 다가가며) 어머니가 가셨어요.

　후안　알았다. (그는 1호 문으로 향하고, 그녀는 들어가려 한다. 그러다 그가 멈추고 돌아본다.) 로시타가 그 인간 두둔하는 거 봤지?

트리니　네, 아버지.

(사이.)

　후안　화가 나 죽겠어…… 내 딸인 것이 창피해.

트리니　로시타는 나쁜 애가 아니에요.

　후안　조용히 해. 네가 뭘 알아? (화가 나서) 내 앞에서는 이제 그 아이 이름 조차도 부르지 마. 네가 그녀를 방문하는 것도 원하지 않고, 그녀와 말 하는 것도 싫어. 우리에게 로시타는 없는 거야…… 끝났어! (사이) 살 기가 퍽 힘든가 봐. 그렇지? (사이) 나는 상관없지만.

트리니　(다가가며) 아버지…….

　후안　뭐?

트리니　어제 로시타가 저에게 말하기를…… 가장 큰 고통은 아버지가 속 상해하시는 거랬어요.

　후안　위선자!

트리니　저에게 울면서 말했어요.

후안   여자들은 항상 울 준비가 되어 있지. (사이) 그런데…… 어떻게 살아?

트리니   아주 못살아요. 그 뻔뻔스러운 인간은 돈을 전혀 벌지 않아요. 그리고 그녀는 다른 방법으로 돈을 버는 건 혐오스러워해요.

후안   (가슴 아파하며) 난 믿지 않아! 그 매춘부 같은…… 맞아. 걔는 매춘부야 매춘부!

트리니   아녜요, 아버지. 로사가 좀 경솔하긴 하지만 그 정도는 아니에요. 페페와 동거한 것은 그를 사랑해서였어요. 그는 항상 그녀에게 그의 환심을 사야 한다고 해요. 그리고 항상 그녀를 떠날 거라고 협박해요. 그리고…… 때려요.

후안   나쁜 놈!

트리니   로사는 그가 자기를 버릴까 두려워해요. 그렇다고 생활 전선에 뛰어들기도 그렇고…… 많이 힘들어해요.

후안   우리 모두가 힘들지.

트리니   그래서, 어쩌다 그가 가져다 주는 몇 푼 안 되는 돈으로 그에게 먹을 것을 주죠. 그녀는 거의 먹질 않아요. 저녁은 절대로 안 먹고요. 얼마나 야위었는지 못 보셨어요?

(사이.)

후안   아니.

트리니   금방 알 수 있는데요. 그리고 괴로워해요. 왜냐하면 그가 로시타는 더 이상 예쁘지 않다고 하면서…… 거의 오질 않거든요. (사이) 불쌍한 로시타는 그가 자기를 버리지 않게 하려고 결국 길거리로 나갈 거예요.

후안   (흥분해서) 불쌍하다고? 걔를 불쌍하다고 하지 마. 자업자득인걸.

(사이. 가려고 하다 다시 멈춘다.) 걔 때문에 너 많이 괴롭지. 그렇지?

트리니 가슴이 아파요, 아버지.

(사이.)

후안 (시선을 깔고) 나는 네가 걔 때문에 괴로워하는 게 싫어. 걔는 나와 아무 상관 없어, 알아? 그러나 너는 상관 있어. 네가 그 일로 고민하는 것을 보고 싶지 않아. 내 말 알아듣겠니?

트리니 네, 아버지.

후안 (동요되어서) 내 말 좀 들어봐. 저 안에 약간의 돈이 있어…… 커피와 술을 덜 마시고 모아둔…….

트리니 아버지!

후안 조용히 내 말 좀 들어봐! 커피와 술은 노년의 건강에 좋지 않으니까…… 그래서 조금 모았지. 로사는 나에게 아무 상관 없어. 그렇지만 너에게 위안이 된다면…… 그것을 걔한테 줘도 돼.

트리니 네, 네 아버지!

후안 내가 지금 가지러 갈게.

트리니 아버지는 참 좋으신 분예요.

후안 (들어가며) 다 너를 위해서 하는 건데…… (매우 감동한 트리니는 마음 졸이며 아버지가 돌아오기를 기다린다. 의미있는 시선으로 4호 문을 보며. 후안이 손에 지폐를 몇 장 쥐고 돌아온다. 그녀를 처다보지도 않고 돈을 세어 건네준다.) 여기 있다.

트리니 네, 아버지.

후안 (1호 문으로 가면서) 네가 원하면 걔한테 줘.

트리니 네, 아버지.

후안 네 것처럼 해, 당연히.

트리니 네.

후안 (과장된 위엄으로 1호 문을 두드리고 나서) 너의 어머니가 이 일을 알지 못하도록 해.

트리니 알았어요, 아버지. (우르바노가 문을 연다.)

후안 너 여기 있었구나.

우르바노 네, 아버지.

(후안이 들어가 문을 닫는다. 트리니가 기쁜 얼굴로 돌아서서 4호 문을 두드린다. 그러다 자기 집 문이 열려 있는 걸 알고 문을 닫고, 다시 두드린다. 사이. 로사가 문을 연다.)

트리니 로시타!

로사 안녕, 트리니.

트리니 로시타!

로사 와줘서 고마워. 아까 섭섭하게 했다면 미안해.

트리니 그건 중요하지 않아.

로사 마음에 담아두지 마. 페페를 두둔하는 것이 잘못이라는 건 잘 알아, 그러나…….

트리니 로시타! 아버지가 너를 위해 돈을 주셨어.

로사 뭐라구?

트리니 봐! (지폐를 보여준다.) 받아! 네 거야.

(손에 쥐여준다.)

로사   (울먹이며) 트리니, 아냐……, 그럴 수 없어.

트리니   그럴 수 있어…… 아버지는 너를 사랑하셔.

로사   나를 속이려 하지 마, 트리니. 그 돈은 네 것이지.

트리니   내 거라고? 어떻게? 아버지가 주셨어. 방금 직접 주셨어! (로사가 운
        다.) 어떻게 된 건지 내 말을 들어봐. (그녀를 안으로 밀어 넣는다.) 아버
        지가 먼저 말을 꺼내셨어. 아버지가…….

(들어가서 문을 닫는다. 사이. 엘비라와 페르난도가 올라온다. 이제 페르난도가
아기를 안고 있다. 다툰다.)

페르난도   우리 잠시 들어가서 조의를 표하자구.

엘비라   싫다고 그랬잖아요.

페르난도   아까는 가자고 했잖아.

엘비라   당신이 싫다고 했죠.

페르난도   그래도 이게 좋은 거야. 그렇게 이해해, 여보.

엘비라   안 들어갈래요.

페르난도   그럼 나 혼자 들어갈게.

엘비라   그것도 안 돼요. 당신이 원하는 것이 바로 그거죠. 카르미나를 보는
        거요. 그리고 그녀에게 말을 건네고, 바보 같은 소리를 하는 거요.

페르난도   엘비라, 흥분하지 마. 카르미나와 나 사이는 이미 오래전에 다 끝났
        어.

엘비라   안 그런 척하지 말아요. 당신이 그녀에게 던지는 시선을, 그리고 우
        연히 그녀와 맞닥뜨리려고 하는 것을 내가 모르는 줄 알아요?

페르난도   그건 너의 상상이야.

엘비라   상상이라고요? 당신은 그녀를 사랑했고 아직도 사랑하고 있어요.

페르난도   엘비라, 당신도 알잖아, 내가 당신을……

엘비라   당신은 한 번도 나를 사랑한 적이 없어요. 우리 아버지 돈 때문에 나와 결혼한 거예요.

페르난도   엘비라!

엘비라   아무리 그래도 나는 그녀보다 훨씬 나아요.

페르난도   부탁이야. 이웃들이 듣겠어!

엘비라   상관없어요.

(층계참에 다다른다.)

페르난도   맹세컨대 카르미나와 나는…….

엘비라   (바닥을 탁탁 차며) 믿지 않아요. 그리고 이건 끝나야 해요. (그녀의 집으로 향한다. 그러나 그는 1호 문 앞에 있다.) 문 열어요.

페르난도   가서 조의를 표하자구, 고집 부리지 말고.

엘비라   싫다니까요.

(사이. 그가 다가온다.)

페르난도   페르난디토⁶를 받아.

(아기를 주고 문을 열려고 한다.)

엘비라   (낮은 목소리로 그러나 완강하게) 당신도 못 가요! 내 말 들었어요?

---

6 페르난디토 Fernandito는 페르난도 Fernando라는 이름의 축소형. 부모와 이름이 같을 때 부모와 자식을 구분하기 위해 축소형을 쓴다.

(그는 대답을 안 하고 문을 연다.) 내 말 들었어요?

페르난도 들어가!

엘비라 당신이 먼저요. (1호 문이 열리고 카르미나와 우르바노가 나온다. 그들은 손을 잡고 환한 모습을 하고 있다. 페르난도의 놀라움 앞에 엘비라가 다시 문을 닫고 미소를 지으며 그들에게 다가간다.) 정말 우연이네, 카르미나! 바로 너희 집에 가려고 나오던 참이었어.

카르미나 정말 고마워.

(손을 빼려 하지만 우르바노가 놓지 않는다.)

엘비라 (가슴 아픈 듯이) 그래, 정말 너무 안됐어. 너무 슬퍼.

페르난도 (자제하며) 내 부인과 나는 진심으로 애도의 마음을 같이해요.

카르미나 (쳐다보지 않고) 고마워요.

(네 사람 사이에 억누를 수 없는 긴장감이 고조된다.)

엘비라 어머니는 안에 계셔?

카르미나 응, 들어가. 금방 들어갈게. (생기 있게) 우르바노를 배웅하고.

엘비라 갈래요, 페르난도? (그가 주저하자) 걱정 말아요. (카르미나에게) 애 젖 먹일 시간 때문에 걱정이 돼서 그래. (페르난도를 다정하게 바라보며) 가족이라면 사족을 못 쓴다니까. (카르미나에게) 너의 집에서 젖을 줄게. 괜찮지?

카르미나 물론이지.

엘비라 우리 페르난디토가 얼마나 예쁜지 봐. (카르미나가 우르바노의 손을 풀고 다가간다.) 잠들었어. 조금 있으면 먹을 것을 달라고 울기 시작할

걸.

카르미나 아주 잘생겼네.

엘비라 아버지를 쏙 닮았어. (페르난도에게) 그래요. 비록 당신이 아니라고 해도. (카르미나에게) 이이는 나와 똑같다고 해. 나를 닮은 걸 좋아해. 그런데 이이를 닮았지. 그렇지?

카르미나 글쎄…… 잘 모르겠는데. 우르바노, 당신은 어떻게 생각해요?

우르바노 나는 그런 건 잘 모르겠어. 내 생각에는 모든 아기들이 서로 비슷한 것 같아.

페르난도 (우르바노에게) 물론이지. 엘비라는 과장하는 거야. 그녀를 닮을 수도 있고, 예를 들어 카르미나를 닮을 수도 있지.

엘비라 (발끈해서) 지금은 그렇게 말하네요. 항상 나를 빼놓은 듯이 닮았다고 하면서.

카르미나 적어도 가족을 닮았겠죠. 저를 닮았다뇨! 말도 안 돼!

우르바노 터무니없지!

카르미나 (거의 울려고 하며) 오늘 같은 날 저를 웃기려 하는군요.

우르바노 (확실하게 배려하며) 카르미나, 흥분하지 마. (페르난도에게) 굉장히 예민하거든.

(페르난도가 동의한다.)

카르미나 (가식적인 다정함으로) 고마워요, 우르바노.

우르바노 (의도적으로) 마음을 가다듬어. 즐거운 일만 생각해…… 그럴 수 있잖아.

페르난도 (옛 애인의 뻔뻔스러움으로) 카르미나는 항상 예민했었지.

엘비라 (카르미나의 마음을 읽고) 그렇지만 오늘은 슬플 이유가 있잖아요. 들어갈까요, 페르난도?

페르난도   (다정하게) 아무 때나 당신이 원할 때.

우르바노   그들을 지나가게 해.

(페르난도를 향해 승리감에 차서 부부가 지나가도록 카르미나를 옆으로 비키게 한다.)

막이 내려옴.

제3막

눈 깜짝할 사이에 20년이 더 흘렀다. 이제는 우리가 살고 있는 시대이다. 계단은 여전히 초라한 모습 그대로이다. 건물 주인은, 건물의 초라함을 은폐하려고 신경을 썼지만 별로 달라진 것이 없다. 창문의 유리는 색깔 있는 마름모꼴로 바뀌었고, 두번째 층계참의 벽에는 5층이라는 금속판으로 만들어진 푯말이 붙어 있다. 집집마다 문에는 전기 초인종이 달리고, 벽들은 흰 칠이 되어 있다.

(지치고 주름살이 많고, 비만하고, 완전 백발인 노인이 기진맥진해서 첫번째 층계참에 다다른다. 그녀는 파카이다. 천천히, 난간에 기대서 걷는다. 다른 손에는 뭔가 가득 담긴 바구니를 들고 있다.)

파카   (띄엄띄엄) 내가 너무 늙었나 봐. (난간을 어루만지며) 너만큼 늙었구나. 휴! (사이) 그리고 너무나 외롭구나. 자식들과 손녀딸에게도 나는 더 이상 아무것도 아냐. 방해물일 뿐. (사이) 그런데 난 그러기 싫어,

젠장! (사이. 숨을 내쉬며) 휴! 이 계단! 도둑 같은 건물 주인은 엘리베이터를 설치할 수도 있으련만. 공간은 있으니까…… 없는 것은 돈을 쓸 마음이지. (사이) 그럼에도 불구하고 후안은 한 번에 두 계단씩 오르곤 했어…… 죽는 날까지도. 그런데 나는, 나는 계단을 어떻게 할 수가 없어…… 폭약으로도 죽지 않으면서. (사이) 그런데 아무도 내 말을 듣고 있지 않는 지금, 나는 죽고 싶은 거야 아니면 살고 싶은 거야? (사이) 내가 원하는 것은 (두번째 층계참에 다다르며, 1호 문을 흘끗 본다.) 헤네로사, 후안과 이야기하는 거야. (사이. 문으로 다가간다.) 불쌍한 헤네로사! 뼈도 안 남았겠지! (사이. 열쇠로 문을 연다. 들어가며) 손녀딸이 내 말을 들어먹어야지. 제기랄!

(문을 닫는다. 사이. 4호 문에서 옷 잘 입은 신사가 나온다. 1호 문 앞을 지날 때 그곳에서도 옷 잘 입은 청년이 나온다.)

청년   안녕하세요?

신사   잘 있었어요? 사무실에 가나요?

청년   네, 선생님도요?

신사   마찬가지죠. (같이 나란히 내려간다.) 그 일들은요?

청년   괜찮아요. 거의 제가 받는 월급만큼 더 벌고 있어요. 불평할 수 없어요. 선생님은요?

신사   앞으로 계속 나아가고 있어요. 단지 내가 필요한 건, 바깥쪽 아파트를 사용하기 위해 이 오래된 이웃들이 이사를 가는 거예요. 소독하고 새로 칠하고 나면 손님을 맞을 수도 있을 텐데.

청년   네, 그래요. 우리도 똑같은 걸 원해요.

신사   더군다나 그들은 바깥쪽 아파트에 거의 무료로 살면서, 나는 안쪽 아파트에 그 비싼 돈을 낸다는 것은 말도 안 돼요.

청년   워낙 오래된 이웃들이어서…….

신사   그래도 그러면 안 되죠. 내 돈이 그들의 돈보다 가치가 없단 말인가 요?

청년   더군다나 그들은 형편없는 사람들예요.

신사   말도 말아요. 그들만 없다면…… 이 건물은 낡긴 했어도 나쁘지 않 거든요.

청년   그렇죠. 아파트는 넓잖아요.

신사   단지 엘리베이터가 없다는 것만 빼고…….

청년   곧 놓을 거예요. (사이) 신형 차들은 보셨어요?

신사   너무 멋있더군요.

청년   훌륭해요. 보셨을 거예요, 차체가 거의 완벽하게…….

(이야기를 나누며 간다. 사이. 3호 문에서 우르바노와 카르미나가 나온다. 거의 노인들이 다 되어 있다. 그녀는 익숙하게 그의 팔을 끼고 내려간다. 그들이 거의 계단 중앙쯤 왔을 때 왼쪽으로 엘비라와 페르난도가 역시 세월의 흔적을 보이며, 팔짱을 끼고 올라온다. 사회적으로 그들의 모습은 변하지 않았다. 늙은 두 부부, 하나는 노동자 부부이고, 또 하나는 점원 부부이다. 교차할 때 서로 냉정하게 인사한다. 카르미나와 우르바노는 내려간다. 엘비라와 페르난도는 조용히 2호 문에 도착해서 벨을 누른다.)

엘비라   왜 열쇠로 열지 그래요?

페르난도   마놀린[7]이 문을 열어줄 거야.

---

7 마놀린 Manolin은 마누엘 Manuel이라는 남자 이름의 축소형이자 애칭.

(문은 약 열두 살가량 된 마놀린에 의해 열린다.)

마놀린   (아버지에게 입을 맞추며) 안녕, 아빠.

페르난도 안녕, 아들아.

마놀린   (엄마에게 입을 맞추며) 안녕, 엄마.

엘비라   안녕.

(마놀린은 그들이 무얼 사왔나 보기 위해 그들 주위를 한 바퀴 돈다.)

페르난도 뭘 찾니?

마놀린   아무것도 안 가지고 오셨어요?

페르난도 보다시피 아무것도 없어.

마놀린   언제 가지고 올 건가요?

엘비라   뭘?

마놀린   케이크요.

페르난도 케이크라고? 안 돼. 너무 비싸.

마놀린   그래도요, 아빠. 오늘은 제 생일이잖아요.

페르난도 그래, 아들아. 알고 있어.

엘비라   너를 위해 놀랄 만한 일을 준비했지.

페르난도 그러나 케이크는 안 되겠어.

마놀린   하지만 난 케이크를 원하는데요.

페르난도 안 돼.

마놀린   놀래줄 일이 뭔데요?

엘비라   나중에 보게 돼. 안으로 들어가.

마놀린   (계단을 향해 가며) 싫어요.

페르난도   너 어디 가니?

마놀린   놀러 가요.

엘비라   늦지 마.

마놀린   알았어요. 이따 봐요. (부모는 문을 닫는다. 그는 계단을 내려가다 작
        은 공간에서 멈추고 중얼거린다.) 구두쇠!

(어깨를 움츠렸다 만족한 얼굴로 담배를 하나 꺼낸다. 위를 한번 흘끗 쳐다보고
성냥을 꺼내 벽에다 긋는다. 뿌듯한 표정으로 피우기 시작한다. 사이. 3호 문에서 로
사와 트리니가 나온다. 두 여자는 실망과 괴로움으로 생긴 주름과 슬픔으로 서로 너
무나도 비슷해 있다. 로사는 바구니를 들고 있다.)

트리니   뭐 하러 와? 금방 올 텐데.

로사   길거리 공기 좀 마시려고. 집에서는 숨이 막혀. (바구니를 들며) 그리
      고 너를 도울게.

트리니   나는 네가 집에 있기를 더 원해.

로사   사실은…… 엄마와 단둘이 있는 게 싫어. 나를 좋아하지 않으셔.

트리니   말도 안 돼.

로사   그래. 정말이야. 그 일 이후로.

트리니   누가 그 일을 기억해?

로사   모든 사람들이. 우리 모두 항상 기억하면서 말만 안 할 뿐이지.

트리니   (한숨을 쉬며) 그만 해. 걱정하지 마.

(그녀들이 내려오는 것을 본 마놀린이 길을 막으며 반갑게 인사한다. 그녀들이
멈춰 선다.)

마놀린 안녕, 트리니!

트리니 (다정하게) 요 녀석! (그는 자랑스럽게 한입 가득 연기를 내뿜는다.) 어
     머나, 세상에! 너 지금 담배 피우는 거지? 당장 꺼버려, 못된 것!

(쳐서 담배를 떨어뜨리려 하지만 그가 피한다.)

마놀린 오늘 내 생일이거든.

트리니 정말? 몇 살 되니?

마놀린 열두 살. 나도 이제 사나이야.

트리니 내가 너에게 선물 하나 하면 너 받아줄 거니?

마놀린 뭐 줄 건데?

트리니 케이크 사라고 돈을 줄게.

마놀린 난 케이크 싫은데.

트리니 싫어?

마놀린 싫어. 차라리 담배 한 갑 사줘.

트리니 꿈도 꾸지 마. 그리고 그거 버려.

마놀린 싫어. (그러나 그녀는 그의 담배를 버리도록 하는 데 성공한다.) 트리
     니…… 나 사랑하지. 그렇지?

트리니 당연하지.

마놀린 내 말 좀 들어봐. 물어보고 싶은 게 있어.

(로사를 곁눈질해 보고 트리니를 작은 공간으로 데려가려 한다.)

트리니 나를 어디로 데려가려고?

마놀린　이리 와봐. 로사가 듣는 걸 원치 않아.

로사　왜? 나도 너를 사랑하는데. 너는 나를 사랑하지 않니?

마놀린　응. 사랑하지 않아.

로사　왜?

마놀린　왜냐하면 너는 늙었고 항상 툴툴거리니까.

(로사는 입술을 깨물고 난간 쪽으로 간다.)

트리니　(화가 나서) 마놀린!

마놀린　(트리니를 끌며) 이리 와봐…… (그녀는 미소를 지으며 그를 따라간다.
　　　　그는 의미심장하게 그녀를 멈추게 하며) 내가 크면 나와 결혼해줄 거야?

(트리니가 큰 소리로 웃는다. 로사는 슬픈 얼굴로 난간에서 그들을 바라보고 있
다.)

트리니　(웃음을 머금고 그녀의 언니에게) 사랑 고백이야!

마놀린　(얼굴이 빨개져서) 웃지 말고 대답해줘.

트리니　바보 같은 소리! 내가 늙은 게 안 보이니?

마놀린　아니.

트리니　(감동해서) 나는 늙었어. 네가 어른이 되면 나는 할머니일 텐데.

마놀린　상관없어. 나는 너를 많이 사랑해.

트리니　(매우 감동한 트리니는 미소를 지으며 그의 얼굴을 두 손으로 감싸고 입
　　　　을 맞춘다.) 애야, 너는 참 바보구나. 바보! (입을 맞추며) 바보 같은 소
　　　　리 하지 마. (입을 맞추며) 이 녀석아.

(그를 놔두고 로사에게 다가간다.)

마놀린   내 말 좀 들어봐.

트리니   (심각해 있는 로사를 데리고 가며) 조용히해! 내가 뭘 선물하는지 두
        고 봐. 케이크인지 담배인지.

(둘은 빠르게 간다. 마놀린은 그녀들이 사라지는 것을 보고 다른 담배와 성냥을
꺼낸다. 작은 공간 바닥에 앉아 상상의 세계에 빠지며 천천히 담배를 피운다. 3호 문
이 열리고 카르미나와 우르바노의 딸인 카르미나가 나온다. 덜렁거리는 열여덟 살
먹은 아가씨이다. 파카가 문에서 그녀를 배웅한다.)

딸 카르미나   있다 뵈요, 할머니! (콧노래를 부르며 난간을 세게 두드리며 간다.) 랄
          라라…… 랄라라…….

파카   얘야!

딸 카르미나   (돌아보며) 왜요?

파카   난간을 그렇게 두드리지 마라. 부서지겠다. 낡은 것이 안 보이냐?

딸 카르미나   새거로 바꾸면 되죠.

파카   새거로 바꾸면 된다고? 젊은것들은 물건이 낡으면 버리는 것밖에 모
        르지. 낡은 것들도 보존을 해야 한단 말이야. 알겠어?

딸 카르미나   할머니는 늙었으니까 낡은 것만 좋아하지.

파카   내가 원하는 것은 네가 늙은 것에 대해 좀더 존경심을 갖는 거야.

딸 카르미나   (갑자기 돌아와서 입을 맞추며) 바보! 멋있는 할머니!

파카   (마음이 풀어져서 그녀를 밀어내며) 저리 가, 저리 가, 위선자야! 이제
        와서 할머니한테 애교 부리려구!

딸 카르미나   들어가세요.

파카 버릇없이. 감히 나한테 명령하려고! (서로 버틴다.) 나를 놔줘.

딸 카르미나 들어가세요.

(파카의 저항은 결국 그녀의 힘없는 웃음으로 끝난다.)

파카 (포기하고) 마늘 사는 거 잊지 마.!

(딸 카르미나는 그녀 면전에서 문을 닫는다. 다시 빠르게 계단을 내려간다. 계속 난간을 두드리고 콧노래를 부르며. 2호 문이 페르난도와 엘비라의 아들인 페르난도에 의해 열린다. 와이셔츠를 입고 나온다. 도도하고 철부지처럼 보인다. 스물한 살이다.)

아들 페르난도 카르미나.

(거의 마지막 계단에 있던 그녀는 고개를 돌리지 않고 입을 다문 채 떨며 멈춘다. 그는 빠르게 그녀가 있는 곳까지 내려간다. 마놀린은 모르는 척하고 장난기 어린 얼굴로 듣고 있다.)

딸 카르미나 나를 놔줘, 페르난도. 여기는 안 돼. 누군가 우리를 볼지도 모르잖아.

아들 페르난도 그게 무슨 상관이야.

딸 카르미나 놔.

(계속 가려 한다. 아들 페르난도가 그녀를 거칠게 저지한다.)

아들 페르난도 내 말 좀 들으라니까! 내가 너한테 말하고 있잖아!

딸 카르미나　(놀라서) 부탁이야, 페르난도.

아들 페르난도　안 돼. 지금이어야 돼. 왜 요즈음 나를 피했는지 지금 당장 말해봐.
(그녀는 불안한 듯이 계단 빈 공간 사이로 내려다본다.) 빨리 대답해봐!
왜? (그녀는 자신의 집 문을 바라본다.) 그만 두리번거려! 아무도 없어.

딸 카르미나　페르난도, 나 좀 놔줘. 오늘 오후 지난번에 만났던 곳에서 만나.

아들 페르난도　알았어. 그래도 왜 요즈음 나를 만나러 오지 않았는지 지금 말해.

(그녀는 몇 개의 계단을 더 내려간다. 그가 그녀를 막고 난간에 기대게 한다.)

딸 카르미나　페르난도!

아들 페르난도　말해봐! 더 이상 나를 사랑하지 않는 거야? (사이) 너는 나를 사랑하
지 않았어. 그렇지? 그 이유야. 너는 나를 갖고 놀려 했던 거야. 즐기려
했던 거지.

딸 카르미나　아냐, 아냐…….

아들 페르난도　맞아. 그거야. (사이) 그러나 네 맘대로는 안 될걸.

딸 카르미나　페르난도, 나는 너를 사랑해. 하지만 우리는 안 돼. 그러니 나를 놔
줘.

아들 페르난도　왜 안 되는데?

딸 카르미나　우리 부모님이 원하질 않아.

아들 페르난도　그래서? 그건 핑계일 뿐이야. 그것도 아주 말이 안 되는 핑계.

딸 카르미나　아냐, 아냐……, 진짜야. 맹세해.

아들 페르난도　나를 진정으로 사랑한다면 너는 상관하지 않을 텐데.

딸 카르미나　(흐느끼며) 협박하셨어…… 나를 때리고…….

아들 페르난도　뭐라고?

딸 카르미나　그래. 그리고 너에 대해 나쁘게 이야기하셔…… 너의 부모에 대해서

도…… 나를 놔줘, 페르난도! (그에게서 떨어진다. 그는 경직되어 있다.) 우리 사이를 잊어. 우리는…… 될 수 없어…… 무서워…….

(흐느끼며 빨리 가버린다. 아들 페르난도는 층계참까지 와서 멍하니 그녀가 내려가는 것을 본다. 그리고 돌아서다 마놀린을 발견한다. 그의 표정이 굳는다.)

아들 페르난도   너 여기서 뭐 해?

마놀린   (아주 재미있다는 듯이) 아무것도 안 해.

아들 페르난도   어서 집에 가.

마놀린   싫어.

아들 페르난도   올라가라니까!

마놀린   오늘은 내 생일이고 내 마음대로 할 거야. 그리고 형은 나에게 명령할 권리가 없어.

(사이.)

아들 페르난도   네가 집안의 귀염둥이가 아니었다면…… 내가 너에게 두고두고 기억할 생일날을 만들어줬을 텐데.

(사이. 마놀린을 의심스럽게 보며 올라가기 시작한다. 마놀린은 겨우 웃음을 참는다.)

마놀린   (자신만만하게) 카르미나와 정말 굉장하던데.

아들 페르난도   네 혀를 잘라버리겠어!

마놀린   (기쁘게) 영화 속의 두 연인들 같았어! (우스꽝스러운 어조로) 넬리,

나를 버리지 마! 보브, 사랑해요! (아들 페르난도가 마놀린의 따귀를 한 대 때린다. 눈물이 핑 돈 마놀린은 약이 올라서 형의 정강이뼈와 발을 걸어차려 한다.) 짐승 같은 것!

아들 페르난도 (그를 잡고) 저기서 뭐 하고 있었어?

마놀린 형이 무슨 상관이야! 짐승! 병신!…… 낭만주의자!

아들 페르난도 너 담배 피웠지? (바닥의 담배꽁초를 가리킨다.) 아버지가 아시면 어떻게 되는지 알지?

마놀린 그럼 나는 형이 아직도 카르미나 애인이라고 말하지!

아들 페르난도 (그의 팔을 꽉 잡으며) 너는 부모님을 아주 잘 다루는구나. 추잡한 것, 위선자. 그러나 너의 담배꽁초는 그 대가를 치를걸.

마놀린 (팔을 풀고 황급히 계단을 오르며) 안 무섭지! 그리고 카르미나 일은 이를 거야. 지금 당장 이를 거야!

(집의 벨을 요란스럽게 누른다.)

아들 페르난도 (첫 번째 층계참의 난간에서) 어서 내려와, 이 고자질쟁이!

마놀린 싫어. 그리고 그 담배꽁초는 내 것이 아니야.

아들 페르난도 내려와!

(페르난도가 문을 연다.)

마놀린 아빠, 페르난도와 카르미나가 계단에서 입맞추고 있었대요!

아들 페르난도 거짓말쟁이!

마놀린 진짜예요. 나는 저 공간에 있어서 볼 수는 없었지만, 그러나…….

페르난도 (마놀린에게) 안으로 들어가.

마놀린 아빠, 정말 진짜예요.

페르난도 들어가. (형에게 '약오르지' 하는 몸짓을 하고 마놀린은 들어간다.) 그
리고 너는 이리 올라와.

아들 페르난도 아빠, 카르미나와 입맞추지 않았어요.

(올라가기 시작한다.)

페르난도 그 아이와 함께 있었니?

아들 페르난도 네.

페르난도 우리가 너에게 그 아이와 바보짓을 하지 말라고 말한 것 기억하지?

아들 페르난도 (층계참까지 와 있다.) 네.

페르난도 그런데 너는 우리 말을 안 들었어.

아들 페르난도 아버지, 저는…….

페르난도 들어가. (사이) 내 말 들었지?

아들 페르난도 (반항하며) 싫어요. 그만 해요!

페르난도 뭐라고?

아들 페르난도 들어가기 싫어요. 엄마, 아버지의 말도 안 되는 규제가 이젠 지긋지
긋해요.

페르난도 (억제하며) 이웃들에게까지 시끄럽게 굴지는 않겠지…….

아들 페르난도 상관없어요. 그런 두려움도 이젠 지긋지긋해요. (분명히 마놀린으로
부터 상황을 전해 들었을 엘비라가 문밖으로 나온다.) 왜 제가 카르미나
와 말하면 안 되는 거죠? 왜죠? 저도 이제 어엿한 남자예요.

엘비라 (냉정하게 끼어들며) 카르미나의 남자는 아니지.

페르난도 (엘비라에게) 조용히해! (아들에게) 너는 들어가. 여기서 큰 소리로
말하면 안 되지.

아들 페르난도	제가 어른들의 오래된 앙심이나 편견과 무슨 상관예요? 왜 카르미나와 제가 좋아하면 안 되나요?
엘비라	절대로 안 돼.
페르난도	불가능해.
아들 페르난도	도대체, 왜요?
페르난도	너는 이해 못 해. 그 집안과 우리 사이에는 연인이 될 수 없어.
아들 페르난도	그렇지만 서로 상대는 하잖아요.
페르난도	인사만 할 뿐이지. (사이) 사실 나는 별 상관 없지만 너의 어머니가…….
엘비라	물론 안 되지. 말할 필요도 없어!
페르난도	그 아이의 부모도 허락하지 않을 거야. 분명해.
엘비라	당신이야말로 이 일을 막는 데 앞장서야 할 사람이에요. 그렇게 쓸데없는 말로 희망을 갖게 만들 게 아니라.
페르난도	엘비라!
엘비라	쓸데없는 말들요! (아들에게) 넌 들어가.
아들 페르난도	그렇지만 엄마, 아버지…… 점점 더 이해할 수 없어요. 제가 카르미나 없이 살 수 없다는 사실을 이해하지 않으려고 노력하시는 것 같아요.
페르난도	우리를 이해하지 못하는 건 너야. 내가 모든 것을 설명해줄게.
엘비라	아무것도 설명해줄 필요 없어요. (아들에게) 어서 들어가.
페르난도	설명을 해줘야 돼…… (아들에게) 들어가.
아들 페르난도	(할 수 없이 들어가며) 이해할 수 없어요. 이해할 수 없어요.

(문을 닫는다. 사이. 트리니와 로사는 장을 보고 돌아온다.)

트리니 그를 다시 못 봤어?

로사 여러 번 봤지. 처음에는 나에게 인사도 하지 않았지. 나를 피했어. 그리고 나는 바보처럼 그를 찾곤 했지. 지금은 반대야.

트리니 그가 언니를 찾아?

로사 그는 이제 나에게 인사를 하는데 나는 하지 않아. 비열한 자식! 수년 동안 나를 잡아두더니 더 이상 어느 누구도 내 얼굴을 쳐다봐주지 않을 때 나를 버리다니.

트리니 그도 늙었을 텐데…….

로사 아주 늙었지. 많이 망가지고. 아직도 밤을 새워 술을 마시니까.

트리니 대단한 인생이야!

로사 그의 아기를 갖지 않은 것이 기쁠 정도야. 건강하지 못했을 테니까. (사이) 그렇지만 트리니, 나는 아기가 갖고 싶었어! 그리고 그가 그러지 않기를 바랐어…… 그리고 아기가 그를 닮기를 바랐지.

트리니 세상일들은 우리가 원하는 대로 되지 않아.

로사 맞아. (사이) 그래도 아기라도 있었으면…… 내 인생은 아기로 인해 가득 채워졌을 거야. (사이)

트리니 ……내 인생도.

로사 뭐라고? (사이) 물론. 불쌍한 트리니! 결혼도 못 하고 참 안됐구나.

트리니 (멈춰 서며, 쓸쓸히 웃는다.) 언니와 나는 너무나 닮았어.

로사 모든 여자들은 결국엔 다들 닮게 돼 있어.

트리니 그래…… 언니는 집안의 문제아였고 나는 집안의 희생양이었지. 언니는 언니의 인생을 살고 싶어했고 나는 남의 인생을 위해 살았지. 언니는 한 남자와 살았고, 나는 오로지 집안 식구들의 냄새밖에는 몰랐어…… 그런데 봐. 결국 우리는 둘 다 똑같이 실패했잖아.

(로사가 트리니의 허리를 감싸고 지그시 끌어당긴다. 트리니도 똑같이 한다. 둘은 서로 허리를 감싸고 문에 다다른다.)

로사   (한숨을 쉬며) 열어…….

트리니   (한숨을 쉬며) 그래…… 지금 열게.

(열쇠로 문을 열고 들어간다. 사이. 우르바노, 카르미나와 딸이 올라온다. 아버지는 딸을 나무라며 온다. 딸은 슬픈 얼굴로 고분고분 듣고 있다. 어머니는 숨이 가쁘고 지쳐 보인다.)

우르바노   네가 다시 페르난도를 생각하는 걸 아빠는 원치 않아. 그는 그의 아버지와 똑같아. 쓸모없는 인간이지.

카르미나   바로 그거야!

우르바노   우리가 젊었을 때 그 아이 아버지와 나는 저곳에서 담배도 여러 대 피웠지. (작은 공간을 가리키며) 아주 생생히 기억해. 머리 속에는 엉뚱한 생각도 많았지. 그의 아들도 그와 똑같아. 게으름뱅이지. 그래서 나는 네가 그의 이름을 말하는 것도 싫어. 알아듣겠어?

딸 카르미나   네, 아버지.

(어머니는 기진맥진해서 난간에 기댄다.)

우르바노   힘들어?

카르미나   조금요.

우르바노   힘을 좀 내. 거의 다 왔어. (딸에게 열쇠를 주며) 받아. 가서 문을 열어. (딸은 올라가서 문을 약간 열어놓고 들어간다.) 가슴이 아파?

카르미나   약간요……

우르바노   그놈의 심장!

카르미나   별거 아니에요. 곧 괜찮아질 거예요.

(사이.)

우르바노   왜 다른 의사한테 가보자니까 싫다고 해?

카르미나   (차갑게) 그냥 싫어요.

우르바노   당신의 그 고집. 다른 의사라면 어쩌면…….

카르미나   아녜요. 이건 방법이 없어요. 나이 때문이기도 하고…… 실망 때문
          이기도 해요.

우르바노   바보 같은 소리. 가보기라도 하면 좋으련만…….

카르미나   싫어요. 그리고 저 좀 내버려두세요.

우르바노   얼마나 더 있어야 당신과 내가 한마음이 될까?

카르미나   (씁쓸하게) 영원히 못 할 거예요.

우르바노   당신이 나에게 얼마나 큰 의미일 수 있었나를 생각하면…… 나를 사
          랑하지도 않으면서 왜 나와 결혼했어?

카르미나   (차갑게) 당신을 속이지 않았어요. 당신이 그러길 원했잖아요.

우르바노   그래. 다른 일들을 잊게 할 수 있을 거라 생각했었지…… 그리고 당
          신의 더 많은 관심을 기대했었어. 더 많은…….

카르미나   더 많은 고마움이겠죠.

우르바노   그게 아니라. (한숨 쉰다.) 결국 참아야지.

카르미나   참아야지.

(파카가 고개를 내밀고 그들을 본다. 20년 전에 똑같은 질문을 했을 때와는 너

무나 대조적인, 힘없는 목소리로.)

파카　안 올라와?

우르바노　올라가요.

카르미나　올라가요. 지금요.

(파카가 들어간다.)

우르바노　올라갈 수 있겠어?

카르미나　네.

(우르바노가 그녀에게 팔을 내민다. 둘은 아무 말 없이 천천히 올라간다. 계단과 계단 사이로 그녀의 가쁜 숨소리가 들린다. 드디어 문 앞에 도달하여 들어간다. 문을 닫으려 할 때 우르바노는 2호 문에서 나와 계단으로 향하는 페르난도를 본다. 잠시 머뭇거리다가 이미 한두 계단 내려간 그를 부른다.)

우르바노　페르난도.

페르난도　(돌아보며) 안녕! 왜 그래?

우르바노　잠깐만.

페르난도　시간이 없는데.

우르바노　1분이면 돼.

페르난도　뭔데?

우르바노　너의 아들에 대해 말하고 싶어.

페르난도　둘 중 누구?

우르바노　페르난도에 대해.

페르난도 페르난도에 대해서 무슨 할 말이 있는데.

우르바노 그 아이가 우리 카르미나를 불러내지 못하게 막아줬으면 해.

페르난도 너는 내가 그 일이 마음에 드는지 알아? 이미 다 일러뒀어. 더 이상 어떻게 할 수가 없어.

우르바노 그렇다면 너도 알고 있었구나.

페르난도 물론 알고 있었지. 장님이 아닌 다음에야…….

우르바노 너는 그걸 알고 기뻐했지. 그렇지?

페르난도 내가 기뻤다고?

우르바노 그래. 기뻤을 거야. 너의 아들이 너와 그렇게 닮은 걸 보고…… 30년 전의 너처럼 그렇게 매력적인 걸 보고.

(사이.)

페르난도 더 이상 듣고 싶지 않아. 잘 있어.

(가려고 한다.)

우르바노 기다려. 그전에 이 일을 마무리지어야 해. 너의 아들은…….

페르난도 (올라가서 그와 마주 선다.) 내 아들도, 내가 그랬듯이 희생자야. 카르미나를 좋아하는 것도 그녀가 그 아이 앞에 나타났기 때문이야. 그를 불러내는 것도 자네 딸이야. 그런 충분한 이유로 나는 너에게 딸을 잘 지키라고 말할 수 있어.

우르바노 그 아이 때문이라면 걱정 안 해도 돼. 당신의 페르난디토와 만나게 하느니 그 아이를 가만 놔두지 않겠어. 네가 붙잡아서 바른길로 올려놔야 할 사람은 바로 자네 아들이야. 왜냐하면 그 역시 너와 똑같으니까.

바람둥이에다 게으름뱅이지.

페르난도　내가 게으름뱅이라고?

우르바노　그래. 너의 그 거창한 계획은 다 어디로 갔지? 너는 다른 사람들을 업신여기는 거밖에는 몰랐어. 그렇지만 너는 더 나아지지도, 자유로워지지도 못했어. (난간을 두드리며) 나처럼, 우리 모두처럼 너는 계속 이 계단에 얽매여 있어.

페르난도　그래. 너처럼. 너도 역시 노동조합과 단합을 통해서 아주 멀리 나갈 거라고 했었지. (빈정거리며) 모두를 위해 일을 해결할 거라 했었지…… 나를 위해서까지도.

우르바노　그래. 너같이 게으르고 비겁한 자들까지도 위해서.

(카르미나가 층계참으로 나와서 잠시 듣다가 끼어든다. 말다툼이 끝날 때까지 말은 점점 더 격해진다.)

카르미나　바로 그거야! 비겁한 사람. 당신은 한평생 그랬어. 게으름뱅이이고 비겁하고.

우르바노　당신은 조용히해!

카르미나　싫어요. 그에게 이 말은 해야 해요. (페르난도에게) 당신은 평생 동안 비겁했어요. 가장 작은 일에서부터…… 아주 중요한 일에까지. (울먹이며) 볏과 발톱이 있는 수탉이어야 할 때 당신은 암탉처럼 겁을 냈죠.

우르바노　(노발대발해서) 안으로 들어가!

카르미나　싫어요! (페르난도에게) 그리고 당신 아들은 당신과 똑같아요. 비겁하고, 게으르고, 허풍쟁이고. 절대로 내 딸과 결혼 못 해요. 알았어요?

(숨가빠하며 잠시 멈춘다.)

페르난도   그 바보 같은 일을 못 하도록 내가 막을게요.

우르바노   자네에게는 바보짓이 아니지. 왜냐하면 우리 아이가 자네 아이보다 훨씬 나으니까.

페르난도   그건 아버지로서의 의견이지. 존경스럽네. (2호 문이 열리고 엘비라가 나와서 둘의 대화를 들으며 쳐다본다.) 그렇지만 카르미나도 그 집안 핏줄이지. 그 아이는 로시타와 같아…….

우르바노   (분노로 얼굴이 벌게져 그에게 다가가며) 너를 그냥…….

(그의 부인이 그를 말린다.)

페르난도   그래. 계단 빈 공간 사이로 던져버린다고! 네가 가장 좋아하는 협박이지. 네가 어느 누구에게도 하지 못한 많은 일 가운데 하나이고.

엘비라   (다가가며) 뭐 하러 이런 형편없는 사람들과 싸우고 있어요? (페르난도, 아들 페르난도와 마놀린이 문 앞에 나와 놀라움과 불쾌함으로 그 광경을 보고 있다.) 당신 할 일이나 하세요.

카르미나   우리는 당신이 말을 건넬 자격도 없는 그런 사람들이니까.

엘비라   그러니까 말을 안 하지.

카르미나   창피한 줄 알아야지. 너에게 모든 책임이 있어.

엘비라   나에게?

카르미나   그래. 네가 항상 알랑거리며 끼어들고 했잖아.

엘비라   그럼 너는 뭐였니? 죽은 모기 새끼였니? 그런데 그 계획이 잘 안 됐네…….

페르난도   (부인에게) 당신네들은 말도 안 되는 말을 하고 있어.

(카르미나, 딸 카르미나, 파카, 로사와 트리니가 문 앞으로 몰려든다.)

엘비라   당신은 조용히해요! (카르미나에게 페르난도를 가리키며) 내가 너에

          게서 빼앗았다고 생각해? 기꺼이 줄게.

페르난도   엘비라, 입 닥쳐. 창피하게.

우르바노   (부인에게) 카르미나, 그 일에 대해서는 이야기하지 마.

엘비라   (남편의 말을 무시하며) 바로 네가 아무도 잡지 못한 거야. 어느 누구

          의 마음도 움직이지 못하고…… 감동하지도 못하고.

카르미나   반면에 너는 때맞춰 감동하셨지. 그래서 그를 가져갔지.

엘비라   입 닥쳐. 너는 말할 자격도 없어. 너도, 네 가족의 그 누구도 교양 있

          는 사람들과 마주할 자격이 없어. 파카는 한평생 수군거리기만 하

          고…… 관대했지. (우르바노에게) 당신처럼. 로시타의 허영을 용납했

          지…… 천박한…….

로사   말조심해! 독살스러운 것!

(그녀는 몸을 던져 엘비라의 머리채를 잡는다. 모두 다 소리친다. 카르미나가
엘비라를 때리려고 한다. 우르바노는 그녀들을 떼어놓으려 하고, 페르난도는 자신의
부인을 붙잡는다. 두 남자가 합세해 겨우 떼어놓는다. 아들 페르난도는 얼굴에 혐오
스러움과 비통함이 가득하여 그들을 계속 쳐다보다가 무리의 뒤로 천천히 걸어서,
뒤의 벽을 손으로 더듬으며 계단을 내려간다. 그리고 절망적인 표정으로 작은 공간
에서 어른들의 싸움을 듣고 있다.)

페르난도   그만! 그만 해!

우르바노   (자기 가족에게) 다들 들어가!

로사   (엘비라에게) 내가 페페와 합치고 또 그것이 잘못됐지만, 너는 페르

난도를 낚은 거야.

엘비라   나는 아무도 낚지 않았어.

로사   페르난도를 낚았지.

카르미나 그래. 페르난도를.

로사   그리고 유지할 수 있었지. 그러나 그도 페페만큼 뻔뻔스러운 인간이
         지.

페르난도 뭐라구요?

우르바노 (그와 대항하며) 물론이지! 그 말은 맞아. 너는 재산을 찾아다닌 놈이
         야. 결국 페페와 똑같지. 아니, 더 나빠. 왜냐하면 너는 수영도 하고 옷
         도 챙겼으니까.

페르난도 내가 너의 머리를 부수지 않는 것은, 왜냐하면······.

(이번에는 여자들이 그들을 붙잡는다.)

우르바노 왜냐하면 너는 할 수 없으니까. 너는 엄두도 못 내지. 그러나 너의 아
         들이 우리 카르미나 주위를 맴도는 걸 보면 내가 너의 아들 머리를 부
         쉬버릴 거야.

파카   바로 그거야! 내 손녀 곁에서 사라져!

우르바노 (큰 소리로) 그리고 이제 그만! 다들 안으로 들어가!

(그들을 거칠게 민다.)

로사   (들어가기 전에 엘비라에게) 미꾸라지 같은 것!

카르미나 (똑같이) 거짓말쟁이

엘비라   소란스러운 것들! 천한 것들!

(우르바노는 자기 가족을 들어가게 하고 큰 소리를 내며 문을 닫는다.)

페르난도 (엘비라와 마놀린에게) 너희들도 다 들어가!

엘비라 (잠시 경멸하듯이 그를 쳐다보고) 당신은 당신 일이나 해요. 그것도 제대로 못 하면서.

(그녀의 남편이 분노에 찬 얼굴로 그녀를 바라본다. 그녀도 마놀린을 안으로 밀어 넣고 역시 큰 소리를 내며 문을 닫는다. 페르난도는 패배자의 느린 걸음으로 후들거리며 계단을 내려간다. 그의 아들 페르난도는 공포의 시선으로 아버지가 사라지는 것을 본다. 계단은 침묵에 싸여 있다. 아들 페르난도는 두 손으로 머리를 감싼다. 긴 침묵. 딸 카르미나가 매우 조심스럽게 집에서 나와 소리 없이 문을 닫는다. 그녀의 표정도 아들 페르난도의 표정만큼이나 일그러져 있다. 계단 빈 공간 사이를 보고, 초조하게 작은 공간 구석을 응시한다. 계속 그를 바라보며, 부끄러운 듯이 계단을 내려온다. 아들 페르난도는 그녀를 느끼고 고개를 내민다.)

아들 페르난도 카르미나! (비록 그가 그곳에 있으리라고 생각하고는 있었지만, 그녀는 놀라움에 나오는 비명을 억누르지 못한다. 둘은 잠시 쳐다본다. 그리고 그녀는 뛰어내려와 그의 품에 안긴다.) 카르미나!

딸 카르미나 페르난도! 자 봐…… 우리는 될 수 없잖아.

아들 페르난도 우리는 될 수 있어. 그들의 추잡함이 우리를 이기도록 해서는 안 돼. 그들과 우리 사이에 어떤 공통점이 있을 수 있겠어. 아무것도 없어! 그들은 늙고 어리석어. 이해를 못 해…… 나는 이기기 위해 투쟁할 거야. 너를 위해서 그리고 나를 위해서. 그렇지만 너는 나를 도와줘야 돼, 카르미나. 너는 나를 믿고 우리의 사랑을 믿어야 해.

딸 카르미나 그럴 수 없을 것 같아.

아들 페르난도 할 수 있어. 할 수 있어…… 왜냐하면 내가 너에게 부탁하니까. 우리
는 우리의 부모님들보다 강해야 해. 그들은 삶이 그들을 짓밟도록 내버
려뒀어. 30년 동안 이 계단을 오르내리면서…… 날이 갈수록 비굴하고
저질스러워지며. 그러나 우리는 이 환경이 우리를 지배하도록 놔두지
않을 거야. 절대로. 왜냐하면 우리는 이곳을 떠날 테니까. 우리는 서로
의지할 거야. 너는 내가 출세할 수 있도록 도와줘야 돼. 이 비참한 집
을, 계속되는 이 다툼을, 이런 궁핍함을 영원히 떠나도록. 나를 도와줄
거지, 그렇지? 그럴 거라고 말해줘, 부탁이야. 제발 말해줘.

딸 카르미나 페르난도, 난 네가 필요해. 나를 떠나지 마.

아들 페르난도 사랑스러운 것…… (잠시 포옹한 상태로 있다. 그리고 그는 그녀를 첫
번째 계단으로 데리고 가서 그녀를 벽 쪽으로 앉게 하고 자신은 그 옆에 앉
는다. 서로 손을 잡고 황홀한 듯이 서로를 바라본다.) 카르미나, 나는 곧
바로 너를 위해 일을 시작할 거야. 내게는 계획이 참 많아. (엄마 카르
미나가 불안한 표정으로 집에서 나와 불쾌함과 초조함 속에 그들을 바라본
다. 그들은 눈치채지 못한다.) 이곳을 떠나겠어. 부모님 곁을 떠날 거야.
나는 그들을 사랑하지 않아. 그리고 너를 구할 거야. 너는 나에게 올 거
고. 우리는 앙심과 무지의 둥지를 벗어날 거야.

딸 카르미나 페르난도!

(아버지 페르난도가 계단을 올라와 무대로 들어오다 놀라서 멈춘다.)

아들 페르난도 그래, 카르미나. 이곳에는 무지와 몰이해만 있을 뿐이야. 내 말 좀 들
어봐. 너의 사랑만 있으면 나는 많은 일을 할 수 있어. 우선 나는 십장
이 될 거야. 어렵지 않을 거야. 몇 년 안에 나는 훌륭한 십장이 될 거

야. 돈을 많이 벌 거고 모든 건설 회사가 나를 필요로 할 거야. 그때쯤 이면 우리는 결혼해 있을 거야…… 우리는 우리의 즐겁고 깨끗한 가정 을 가지고 있을 것이고…… 이곳과는 먼 곳에. 그렇지만 공부를 그만 두지는 않을 거야. 그건 안 되지, 안 되고말고, 카르미나. 그때쯤 나는 기술자가 될 거야. 이 나라에서 제일가는 기술자가 될 거야. 그리고 너 는 나의 사랑스러운 아내가 될 거고…….

딸 카르미나   페르난도! 우리는 얼마나 행복할까!…… 얼마나 행복할까!

아들 페르난도   카르미나!

(둘은 황홀경에 빠져 바라본다. 거의 입맞춤하려 한다. 부모들은 서로 바라보고 다시 아이들을 바라본다. 다시 서로를 오랫동안 바라본다. 우수로 가득 찬 그들의 시 선은, 희망에 찬 아이들을 스치지 않고, 계단의 빈 공간 위에서 교차된다.)

막 내림.

안토니오 부에로 바예호와 그의 작품 세계

2000년 4월 28일 마드리드에서 작고한 안토니오 부에로 바예호는 1916년 9월 29일 스페인 과달라하라에서 태어난다. 학생 시절 문학에 재능을 보여 문학상을 수상하긴 하지만, 그는 미술에 더 관심이 많아 예술 대학에 입문하기 위해 마드리드로 간다. 그러나 1936년 스페인 내란이 발발하자 그의 아버지와 형은 총살당하고, 그는 공화 정부군에 가담한 혐의로 1939년 투옥되어 사형 선고까지 받는다. 8개월 뒤 사형이 면제되지만 1946년이 되어서야 가석방된다. 이때 그가 직접 겪고 목격한 많은 사람들의 고통은 이후 그의 작품 속의 등장인물들과 상황으로 형상화되어 삶의 진정한 의미를 추구하는 바탕이 된다.

희곡에 대한 그의 관심은 감옥에 있을 때 싹트기 시작하여 출옥한 후 미술을 뒤로 하고 본격적으로 극작품을 쓰게 한다. 그리하여 1949년 마드리드 시청이 주관하는 '로페 데 베가Lope de Vega' 상 공모에 「타오르는 어둠 속에서 En la ardiente oscuridad」(1946)와 「어느 계단의 이야기 Historia de una escalera」(1947) 두 작품을 응모한다. 이 과정에서 두 작품 다 결선에 오르는데 최종적으로 「어느 계단의 이야기」가 이 명예로운 상을 그에게 안겨준다. 3막으로 구성된 이 작품은 1949년 10월 14일 카예타노 루카 데 테나Cayetano Luca de Tena의 지도 아래 마드리드 스페인 극장Teatro Español에서 첫 공연되어 187회를 연속 공연하게 되는 인기를 누린다. 그후 그는 1971년 스페인 한림원 회원이 되고, 1986년 스페인 문화부가 작가에게 주는 가장 큰 영광인 '미겔 데 세르반 테스' 상을 수상하며 스페인 현대 희곡사에 빼놓을 수 없는 작가로 자리를 굳힌다.

1950년대 스페인 극문학은 시와 소설의 혁신적 분위기에 크게 영향을 받아 세찬 변화를 보이기 시작한다. 즉 다양한 형태의 극문학 가운데서 새로운 개념이 나타나는데, 도피와 거짓된 이상화를 지양하고 사실주의적 성격을 지향하고자 하는 특징이 바로 그것이다. 이러한 형태의 희곡을 대표하는 극작가가 바로 안토니오 부에로 바예호로서, 그는 주로 미래에 대한 막연한 믿음의 바닥에 깔린 불안감을 작품으로 형상화한다.

그의 작품은 여러 가지 특징을 갖고 있다. 첫째, 부에로 바예호의 가장 큰 관심은 인간과 그들의 비극적 삶이다. 작가에게 비극은 인간 본질을 알아내는 방법의 하나이고, 그는 이를 위해 모든 관심을 쏟아 붓는다. 이는 스페인 문학에 한 획을 그은 98세대 작가 우나무노의 영향과 무관하지 않다. 비극적 삶이란 원초적으로 한계를 지닌 인간이 그 한계를 극복하기 위해 끊임없이 투쟁하며 살아야 함을 의미한다. 다시 말해 부에로 바예호는 작품들을 통해 자아 실현, 자유에 대한 열망, 사랑, 그리고 내면의 갈등 등을 보여줌으로써 삶의 진정한 의미를 깨닫게 하고자 한다. 인간은 혼자 살 수 없는 결속된 존재이며, 근본적으로 한계를 가지고 있기 때문에, 자신이 속해 있는 사회와 부딪칠 수밖에 없다는 사실을 그의 모든 작품에서 보여주고 있다.

둘째, 부에로 바예호는 주로 상징을 통해 독자와 관객들에게 본인의 의도를 전달하고자 한다. 그가 가장 즐겨 쓰는 상징들은 신체 장애인과 빛과 어둠의 대립이다. 신체 장애인들은 인간의 한계를 보여주고자 하는 의도에서, 빛은 희망과 진실을 찾으려고 하는 사람들이나 그들의 행동을, 어둠은 잘못된 것을 알면서도 이를 무시하고 발전 없는 편안한 삶에 안주하려는 자들을 상징한다. 그의 작품에 등장하는 대부분의 장애인들은 자신의 꿈을 실현시키거나 사회의 변화를 이끌어내는 데 실패하지만, 다른 주위 사람들에게 그들의 꿈을 실현시킬 수 있도록 희망을 준다. 비록 그들의 행동이 성공하지 못하므로 비극적이지만 타인에게 확고한 희망을 갖게 하므로 그의 비극은 희망적인 비극 Tragedia esperanzada이라 할 수 있을 것이다. 그는 말하기를 "운명에 대해 묻기 시작하는 것은 이를 이기려고 애쓰기 시작하고, 그리고 그것을 부정하는 것이다"라고 했다. 우리 모두가 삶을 살아가는 데 싸워 이길 수 있는 기회가 없지 않기 때문에 작가는 이런 상징적인 요소를 통해 각자 현명하고 슬기롭게 자신의 삶을 선택하도록 유도한다.

셋째, 그는 작품의 결론을 확실하게 내리지 않는다. 독자와 관객에게 결론을 맡김으로써 그들이 다시 한번 상황을 짚어보고 생각하게 하여 그의 의도를 정확히 파악하도록 한다.

부에로 바예호의 희곡 세계는 크게 3단계로 구분할 수 있다. 제1단계는 사실주의 성향이 짙은 작품 세계로서 주로 1955년까지 씌어진 작품들이라 하겠다. 인간에게 주어진 문제에 대한 중대한 해결책을 찾으려 함과 동시에 스페인 당대 사회를 비판하는 이들 작품에는 내란으로 인하여 단절된 과거와의 재연결을 바라는 작가의 소망이 반영되어 있으며, 이번에 번역한 두 개의 작품 외에도 「꿈을 엮는 여자 La tejedora de sueños」(1950), 「기다려지는 신호 La señal que se espera」(1952), 「거의 요정의 이야기라 할 수 있는 Casi un cuento de Hadas」(1952), 「새벽 Madrugada」(1953), 「이레네 혹은 보물 Irene o el tesoro」(1953) 등이 있다.

제2단계는 「오늘은 축제 Hoy es fiesta」(1954), 「엎어진 카드들 Las cartas boca abajo」(1957)로 시작된다. 다루는 내용은 희망, 진실, 좌절 등과 같이 이전 단계와 거의 동일하나 보다 구체적인 사회상을 반영한다. 나아가 역사적 사실에 소재를 둔 극작품들도 많이 다루는데 이 경향의 작품들로는 「민중을 위한 몽상가 Un soñador para el pueblo」(1958), 「동녀(童女)들 Las Meninas」(1960), 「산 오비디오의 음악회 El concierto de San Ovidio」(1962), 「회색의 모험 La aventura en lo gris」(1948~49), 「채광창El tragaluz」(1966)과 「이성의 꿈El sueño de la razón」 (1970) 등이 해당된다. 그러나 여기서 한 가지 밝혀야 할 것은, 작품에서 언급되는 역사적 사실은 검열을 피하면서 그 시대의 중요한 문제들을 다루기 위한 하나의 구실로 쓰어졌다는 것이지 역사극은 아니라는 점이다.

제3단계에 해당되는 작품들은 사회적 · 정치적 특성들을 감옥 · 고문 · 폭력주의 등으로 더욱 상세하게 묘사하고자 하는, 보다 나은 세상이 존재하리라는 가능성을 보여주는 작품들이다. 이 시기의 작품들로는 「신들의 도래Llegada de los dioses」(1971), 「설립 La fundación」(1974), 「폭음 La detonación」(1977), 「밤의 재판관들 Jueces en la noche」(1979), 「카이만 Caimán」(1981), 「비밀의 대화 Diálogo secreto」(1984) 등이 있으며, 검열에 의해 발표되지 못했던 「발미 박사의 이중 이야기 La doble historia del doctor Valmy」(1964)는 12년 후인 1976년에 공연된다.

부연 설명하자면 부에로 바예호의 작품은 현대 연극의 위기를 극복하기 위한 새로운 시도의 작품들로서 그의 연극 인생의 여정은 지난 50년 간 스페인의 모든 갈등을 대변하고 있다고 해도 과언이 아니다. 삶의 의미, 특히 사회적 환경 속에서 존재론적 의미와 사회적 불평등과 불의에 대한 고발을 작품의 기저로 삼으면서도 작가 자신이 직접 결론을 돌출해내지 않고 관객 또는 독자들이 그 해답을 찾도록 유도하는 놀라운 힘을 발휘함으로써 작가의 사회적 메시지가 더욱 강하게 전달되는 효과를 드러내고 있는 것이다.

1959년 연극 배우인 빅토리아 로드리게스와 결혼하여 두 명의 자녀를 둔 그는 한평생 지속적으로 연극 작품을 쓰면서 기복 없는 삶을 살았다. 급하지 않게, 그러나 쉬지 않고 그는 자신의 창작을 대중에게 제공하였는데, 이는 내전 이후 스페인 국민들에게 공존의 한 과정을 열어주었던 것이다.

1.「타오르는 어둠 속에서」

부에로 바예호의 첫 작품인 「타오르는 어둠 속에서」는 1946년 8월의 어느 일주일 동안 씌어진 작품이라고 한다. 실명(失明)과 이의 상징적인 의미에 대해 항상 생각을 하던 그는 우연한 기회에 맹인 학교에 다니는 동생을 둔 친구와 얘기하며 생각을 구체화한다. 처음에는 맹인을 다루는 소설을 쓰려고 생각했지만 작품에 대한 구체적 구상을 하는 과정에서 사건의 구조나 전개가 소설보다는 희곡이 적격이라는 판단을 한다. 어린 시절부터 미술과 함께 그의 관심을 끌었던 희곡은 이렇게 운명처럼 그에게 희곡 작가로서의 계기를 만들어준다. 그는 자신이 극작가가 된 것에 대해 1957년 4월 1일판 『프리메르 악토 *Primer Acto*』에서 이렇게 말한다. "처음에는 다 작가로서 글을 쓴다. 분야는 나중에 정하는 것이고. 그런데 나는 태어날 때부터 전문 분야가 정해져 있던 것 같다. 한 작가가 인생을 '상황'으로 본다면 그는 극작가인 것이다."

「타오르는 어둠 속에서」는 그의 최초의 극작품이지만 「어느 계단의 이야기」보다 한 해 늦은 1950년 12월 1일, 마리오 게레로 Marío Guerrero 극장에서 처음 공연된다. 「어느 계단의 이야기」처럼 열광적인 호응은 아니지만, 또 하나의 성공을 그에게 안겨다 준다. 비록 로페 데 베가 상은 앞에서 언급한 작품을 통해 받지만, 그는 가장 좋아하고 아끼는 작품이 바로 이 작품이라고 말하는 것을 주저하지 않는다. 그 이유는 이 작품이 그의 거의 모든 작품의 기틀이 되었고, 「어느 계단의 이야기」보다 극작품으로서의 가능성을 훨씬 더 많이 가지고 있기 때문이다. 더욱이 극작품을 씀으로써 인간의 가장 깊은 갈망과 불안감을 무대 위에 올리고 싶었던 그로서는 이 작품이야말로 자신의 관심거리인 인간의 한계를 극명하게 보여줄 수 있는 작품이라고 판단한다.

「타오르는 어둠 속에서」에서 작가는 그가 다루는 아주 중요한 주제 중 하나인 실명을 다룬다. 총 3막으로 씌어진 이 작품의 줄거리는 다음과 같다.

한 장애인 학교에 모여 사는 선천적 시각 장애인들은 학교가 마치 이 세상의 전부인 것처럼, 자신들이 장애인이라는 사실도 잊은 채 편안하고 자신감에 찬 행복한 삶을 살아간다. 그러나 학교에 이그나시오라는 학생이 오면서부터 문제는 시작된다. 이그나시오는 학교 안의 다른 학생들과는 달리 지팡이 버리기를 거부한다. 이는 그가 자신의 실명을 부정하지 않는다는 상징적인 의미이기도 하다. 이 학교의 모범생이자 학교의 교육 목표인 '철의 정신'을 대표하는 카를로스와 새로 온 이그나시오와의 알력은 이때부터 시작된다. 이그나시오는 "즐거움으로 중독돼 있는" 그 학교의 생활에 저항한다. 자신들이 맹인이 아니고 단지 "앞을 못 보는" 사람들이란 표현으로 자신들의 불행한 처지를 잊고 행복하게 살려고 했던 그들은 서서히 그들의 한계를 느끼고 방황하기 시작한다. 점차 이그나시오를 따르는 학생 수가 늘어나고 그 중에는 카를로스의 애인인 후아나, 엘리사의 애인인 미겔린도 포함된다. 이 연인들은 서로 다른 견해로 인해 멀어지게 되고, 결국 이그나시오가 주장하는 것이 진실이라고 믿게 되는 후아나는 서서히 카를로스를 뒤로 하고 이그나시오와 가까워진다. 작가는 그녀의 심정 변화를 통해, 아무리 현실이 편안하고 아름다워도 그 현실이 거짓 위에 세워진 것이라면 영원할 수 없음을 상징적으로 보여준다. 허구 속에서나마 행복했던 그들에게 괴로움과 갈등을 가져다 준 이그나시오에 대해 강한 반발심을 가지고 있던 카를로스는, 학교의 위기를 느낀 교장 돈 파블로가 이그나시오를 학교에서 떠나도록 설득해달라고 하자 전체 학생들의 행복을 위해 결국 사고로 위장해 이그나시오를 죽인다. 그렇지만 이그나시오가 없어진 후, 카를로스는 이그나시오가 간절히 바랐던 빛과 진실에 대한 열망이 자신에게까지 전염되었음을 깨닫고 이그나시오가 했던 똑같은 말을 혼자 반복하면서 결말을 장식한다. "……지금 별들은 마음껏 빛을 발하며 빛나고 있을 거야. 그리고 앞을 보는 사람들은 그 아름다움을 즐기고 있겠지. 그 아주 먼 세상은 저곳에 있지, 유리창 너머에…… 우리의 시력이 닿는 곳에……, 만약 우리에게 시력이 있다면……."

「타오르는 어둠 속에서」는 「어느 계단의 이야기」에서와 마찬가지로 마지막 부분에 이르러 극 초반에 관심이 모아지는 말이 반복되는 것을 볼 수 있다. 차이가 있다면 나중 작품에서는 작가가 관객들에게 완전히 결론을 맡기지만, 이 작품에서는 이그나시오가 이전에 한 말을 카를로스가 반복함으로써, 비록 작가는 카를로스가 앞으로 어떤 삶을 살아갈지 정확하게 알려주지 않지만, 삶의 진정한 의미를 찾으려고 애쓰는 카를로스의 변화된 모습에서 삶이 힘들고 괴로울지라도 진실을 찾아나가리라는 가능성을 제시한다. 이그나시오가 찾으려고 했던 열망에 전염되었음을 보여주는 것이다. 작가는 시각 장애인들을 작품에 등장시켰지만 이 이야기는 결국 우리 인간, 인간이기 때문에 한계가 있는 우리 모두의 이야기이다.

작가는 우리에게 보다 확실한 메시지를 전하기 위해 여러 가지 방법을 택한다. 그들의 '둥지'와 바깥 세상과의 경계를 의미하는 상징적인 큰 유리창, 이그나시오가 휘파람으로 부는 베토벤의 「월광」, 도냐 페피타가 라디오를 켜자 흘러나오는 그리그의 「페르귄트」에 나오는 '에이스의 죽음', 마지막 장면에서 카를로스가 자리에서 일어나며 무의식적으로 테이블 위의 패를 옷소매로 넘어뜨리자 울려 퍼지는 귀에 거슬리는 소리는 매우 무섭고 난폭한 느낌을 제공하여 관객들에게 심상치 않은 분위기를 느끼게 한다. 그러나 무엇보다도 가장 극적으로 느껴지는 부분은 맹인들의 암흑 속에서의 삶이 얼마나 끔찍한가를 느끼게 하기 위해 극장 안의 전등을 점차 꺼버리는 부분 설정이다. 관객은 완전한 암흑 속에서 잠시 그들의 목소리만 들으며 막연히 생각해오던 어둠 속의 삶이 얼마나 끔찍한지를 확실히 체험하게 됨에 따라 맹인들의 현실을 보다 가깝게 피부로 느낄 수 있게 한다.

이 작품도 희망적 비극이라 할 수 있다. 주인공이자 빛을 상징하는 이그나시오는 비록 장애인이지만 이상을 가지고 꿈을 실현시키기 위해 끊임없이 투쟁

한다. 그리고 비록 자신은 실패하지만 그의 희망과 소망이 어둠을 상징하는 카를로스에게 전염되었음을 보여주는 것은 언젠가 그들의 꿈이 실현될 수 있으리라는 믿음을 주기 위한 것이다. 결국 이 작품은, 인간은 현실에 쉽게 안주하기보다는 진정한 자유와 진실을 찾기 위해 자신의 한계를 극복하고자 노력해야 하며, 이를 극복할 경우에만 발전 가능함을 보여준다. 우리는 이 희망적이고 가슴 뭉클한 작품을 통해 인간은 한계가 있음을, 그러나 극복하려는 의지가 중요함을 인식하게 되는 것이다.

위에서 언급한 작가의 의도 외에도 사실주의적이자 실존주의적 작가로서의 의도를 한 가지 더 지적해야 할 것 같다. 이그나시오의 대사 중에 귓전을 맴도는 다음 말이 있다. "처음으로 내가 왜 장님이고, 왜 장님들이 있는지에 대해서 이해하려고 했어. 대부분의 사람들이, 우리보다 못 한 자들이, 특별한 실력도 없으면서, 그들의 눈에서 나오는 신비한 힘으로 우리가 저항할 수 없게 우리의 몸을 에워싸고 경직시킨다는 것이 증오스러워. 신은 우리에게 멀리 있는 사물들을 감지하는 능력을 주시 않아서, 단지 그 이유만으로 우리는 항상 밖에 사는 저들 밑에 있지." 이는 비록 이그나시오의 대사이지만 우리는 작가가 이를 통해 장애인뿐만 아니라 우리 모든 인간이 겪을 수밖에 없는 인간의 불평등, 태어나는 신분에 따라 가난이나 무지 속에서 한평생을 살아야 하는 사람들이 겪는 이러한 차별에 대해 이야기함으로써 사회 내에 팽배한 부조리와 혜택받지 못한 인간들이 겪는 불이익에 대해 언급하고자 했음을 알 수 있다. 우리 모두는, 완벽할 수 없는 것이 인간이므로 현실의 어느 한 부분에 대해서는 모를 수밖에 없는 장님들이다. 그래서 작가가 한 다음 말이 더 와 닿는지 모르겠다. "우리 모두는 장님들과 같은 어둠 속에 있고, 그래서 우리는 우리들의 어둠의 장님들이다."

2. 「어느 계단의 이야기」

로페 데 베가 수상작인 이 작품은 1949년 10월 14일 마드리드 스페인 극장에서 카예타노 루카 데 테나의 연출 아래 공연되어 187회 연속 공연이 이루어진 대성공작이다. 스페인 내란 이후 프랑코 총통 시대는 철저한 규제와 검열이 이루어지던 시대였다. 이러한 분위기는 연극계에도 큰 영향을 미쳐 당대 어두운 현실을 그대로 반영하지 못한 채, 단순한 희극이나 현실 도피의 연극이 주를 이루었다. 그러나 「어느 계단의 이야기」의 등장은 비현실적이고 가식된 세계를 보여주기만 하던 연극계에 획기적인 변화를 가져온다.

부에로 바예호의 많은 작품들이 그렇듯이 이 작품도 실존주의적이고 사회주의적인 작품이다. 자신들이 처해 있는 궁핍함과 추접함에서 벗어나려고 하지만 어쩔 수 없이 좌절을 느끼는 개인과 집단의 모습을 보여준다. 전후 경직된 사회 속에서 자신의 운명을 개척하기에는 역부족인 중·하류층의 일상생활을 있는 그대로 생동감 있게 전해줌으로써 당대 어두운 사회 실상을 매우 투명하게 보여준다. 이 작품은 모두 3막으로 구성되어 있는데, 어느 도시의 허름한 연립 주택 계단을 배경으로 한다. 모든 사건의 중심적 공간은 계단으로서, 이곳을 중심으로 등장인물의 대화가 이루어지고 사랑, 증오, 사건 들이 전개되어나간다.

제1막은 1919년 어느 날, 제2막은 10년이 흐른 1929년 어느 날, 제3막은 20년이 지난 1949년을 배경으로 하고 있는데, 30년 간의 3세대에 걸친 주인공들의 좌절된 삶을 통해 스페인의 어두운 사회적 현실을 잘 보여준다. 2막과 3막 사이에 스페인 내란이 발발하지만 이 사실에 대한 언급은 전혀 없다. 단지 독자와 관객들만이 잊지 않고 그 암울한 역사적인 사실을 인식하며 작품을 접하기를 작가는 바라고 있다.

이 작품에는 홀아버지의 무남독녀인 엘비라, 홀어머니의 외아들인 페르난도, 철도 공무원인 아버지 그늘 아래에서 어머니와 건달인 오빠 페페와 살아가는 카르미나, 걸걸한 성격의 소유자인 파카와 잘못된 딸 로사를 못마땅히 생각하면서도 아버지로서의 정 때문에 뒤에서 조용히 딸을 돕는 후안, 그리고 그의 장남이며 노동자인 우르바노가 주인공으로 등장한다. 한때 페르난도와 카르미나는 서로 사랑하던 사이였지만 페르난도는 그녀를 버리고, 자신을 따라다니던 돈 있는 엘비라를 택하면서 그들의 꿈과 희망은 물거품이 돼버린다. 사랑이 아닌 편안함을 선택한 페르난도, 혼자 살기에는 삶이 너무 무거워 사랑 없이 우르바노와 결혼해버린 카르미나. 부를 선택한 페르난도는 자신의 삶에 대한 노력이 없으므로 30년이 지나도 같은 생활에서 벗어나지 못함을 보여주고, 사랑 없는 삶이므로 역시 의욕을 느끼지 못한 카르미나는, 세월이 흘러도 초라하고 궁핍한 생활을 면치 못함을 보여준다.

이런 지긋지긋한 환경을 벗어나지 못하고 각자 살아가던 두 부부, 그러나 운명은 그들의 자식들이 서로 사랑에 빠짐으로써 자신들이 젊은 시절에 지녔던 똑같은 환상을 그들에게서 발견하도록 한다. 자식들의 이름도 그들과 똑같은 페르난도와 카르미나. 아들 페르난도는 딸 카르미나에게 30년 전 그의 아버지가 그녀의 어머니를 사랑하면서 했던 똑같은 말을 되풀이한다. "너의 사랑만 있으면 나는 많은 일을 할 수 있어. 우선 나는 십장이 될 거야. 어렵지 않을 거야. 몇 년 안에 나는 훌륭한 십장이 될 거야. 돈을 많이 벌 거고 모든 건설 회사가 나를 필요로 할 거야. 그때쯤이면 우리는 결혼해 있을 거야…… 우리는 우리의 즐겁고 깨끗한 가정을 가지고 있을 것이고…… 이곳과는 먼 곳에. 그렇지만 공부를 그만두지는 않을 거야. 그건 안 되지, 안 되고말고, 카르미나. 그때쯤 나는 기술자가 될 거야. 이 나라에서 제일가는 기술자가 될 거야. 그리고 너는 나의 사랑스러운 아내가 될 거고……."

그러나 작가는 그들 자식들의 미래에 대해 결론을 내리지 않고 관객들에게 그 결말을 맡기는 치밀함을 보인다. 즉 관객들에게 결말을 맡김으로써 주인공들의 실패와 좌절이 어디에서 비롯되고, 과연 자식들이 똑같은 상황에서 성공을 한다면 그 이유가 어디에 있는지 다시 한번 생각하게 한다.

위의 주인공들 외에도 작품의 재미를 더하기 위해 여러 명의 다른 인물들이 등장한다. 전형적인 아줌마이자 할머니의 모습을 보여주는 개성 강한 파카, 딸이 건달과 동거를 하자 더 이상 자식이 아니라고 외면하면서도 아버지로서의 사랑을 비밀스럽게 보여주는 후안, 가족을 위해 한평생 혼자 살아가기를 선택한 트리니, 자유분방한 삶을 택하지만 결국 실패하는 로사, 로사와 동거하는 건달이자 기둥서방인 페페, 천방지축 개구쟁이 마놀린 등이 동서고금을 막론하고 인간은 다 비슷함을 느끼게 하면서 이 작품의 매력을 한층 더 높여준다.

등장인물도 많고, 작품이 진행됨에 따라 사는 집과 가족 구성원이 달라지므로 표를 통해 설명하면 이해에 도움이 되리라 생각되어 다음 표를 제시한다.

	제1막	제2막	제3막
1호 문	헤네로사 그레고리오 카르미나 페페	헤네로사 카르미나	옷 잘 입은 청년
2호 문	엘비라 돈 마누엘	엘비라 페르난도 아들 페르난도	엘비라 페르난도 아들 페르난도 마놀린
3호 문	파카 후안 우르바노 트리니 로사	파카 후안 우르바노 트리니	파카 우르바노 카르미나 트리니 로사 딸 카르미나
4호 문	도냐 아순시온 페르난도	로사 페페	옷 잘 입은 신사

두 개의 층계참이 있는 계단은 이 작품의 중심 상징물이다. 더 이상 오를 곳이 없는 5층 꼭대기로 향한 계단. 건물에 세들어 사는 모든 사람들은 이 계단을 오르내리며 전혀 발전 없는 30년이란 세월이 흐르도록 놔둔다. 이 계단은 변화와 발전을 막고 있는 사회와 자신의 타고난 신분을 벗어나지 못하고 어쩔 수 없는 여건 때문에 발전 없는 삶을 살아야 하는 인간들의 삶을 상징하고 있는 것이다. 그들이 속해 있는 사회는 이 계단에 얽매여 사는 사람들에게는 숙명 같은 것이다. 아무리 벗어나려 해도 벗어날 수 없다고 생각하지만 네 명의 젊은 남녀의 어긋난 사랑을 통해 작가는 그 사회가 문제를 안고 있기는 하지만 개인의 진정한 열망과 노력이 있으면 모두 이겨낼 수 있음을 보여주고자 한다.

　작가는 자신의 극작품들은 희곡이 절대로 잊어서는 안 될 목표인 사회적인 고통과 좌절을, 스페인의 진실을 찾아야 함을 보여주고자 하는 데 의도가 있다고 한다. 이 작품은 암울했던 독재 시대를 엿볼 수 있지만, 그보다도 이러한 환경에서 살아가는 스페인의 서민들의 꾸밈없는, 있는 그대로의 일상생활을 엿보고, 등장인물의 뚜렷한 개성과 그들의 살아 있는 대화, 그들의 삶을 통해 문화적 차이를 극복하고 공감할 수 있다는 점에서 또 다른 의의를 찾을 수 있는 작품이라 하겠다.

　스페인 희곡은 16세기부터 많은 작가와 독자, 관객들의 관심과 사랑 속에서 지대한 발전을 이루어왔다. 작가와 독자, 관객들의 수준은 물론이고, 극작품의 보급이나 작품의 공연도 날이 갈수록 활성화되고 있다. 반면에 우리의 희곡 세계는 아직도 걸음마 상태라 할 수 있다. 즉 작가들의 수는 물론이요, 극작품도 널리 보급되지 않아 독자들이 극히 적은 상태이다. 연중 공연되는 작품들, 여유 있는 공간과 이를 가득 채우는 관객들의 수준을 비교해보건대, 우리의 희곡, 연극 세계는 앞으로도 많은 발전과 관심이 요구된다.

　스페인 희곡 중에는 이미 세계적으로 널리 알려진 작가와 작품들이 상당히 많다. 부에로 바예호의 작품들은 그의 명성에 걸맞게 이미 여러 나라 언어로 번역, 보급되었다. 그의 작품들 중 이번에 번역된 두 작품은, 스페인어권의 여러 출판사를 통해 가장 많이 출판되고 공연된 작품으로 높은 평가를 받고 있을 뿐만 아니라 부에로 바예호의 모든 작품의 바탕이 된다는 점에서 의미가 크다. 부에로 바예호의 작품들이 이토록 높이 평가됨은 무엇보다도 작품 속에 깔린 작가의 인간에 대한 깊은 관심과 사랑으로, 어느 문화권을 막론하고 공감할 수 있는 작품이라는 데 있다. 또한 작품 속에 살아 숨쉬는 대사와 섬세한 지문 등은 연구해볼 만하다는 점에서, 우리 희곡 작가들, 연출가, 배우, 독자, 관객 들에게도 신선한 충격이 될 뿐만 아니라, 양국 간의 문화 교류에도 한몫 하리라 믿어 의심치 않는다.

끝으로, 20세기 스페인 희곡사에 한 획을 그은 안토니오 부에로 바예호의 작품을 번역하여 스페인 문화를 우리나라에 보급할 수 있도록 선정해주신 대산문화재단과 심사위원님, 번역이 매끄럽게 마무리되도록 옆에서 적극적으로 도와주신 박미선 선생님께 진심으로 감사를 드리는 바이다.

1916 9월 29일 스페인 과달라하라Guadalajara에서 태어남. 아버지 프란시스코 부에로는 육군 공병대 대장. 어린 시절의 그는 미술에 관심이 많았음.

1926～33 과달라하라에서 중 · 고등학교 졸업. 「유일한 남자El único hombre」라는 소설로 과달라하라 고등학생 글쓰기 대회에서 일등상을 받음. 그러나 미술에 대한 그의 관심에는 변함이 없음.

1934～36 산 페르난도San Fernando 미술학교 입학. 온 가족이 마드리드로 이사. 예술적이고 지적인 마드리드 생활이 많은 자극을 줌. 98세대 작가들의 작품들에 대한 많은 관심으로 글읽기에 몰두.

1936 스페인 내란이 발발하자 정부군에 입대. 11월 7일 아버지 프란시스코와 형은 마드리드에서 총살.

1937～39 내란이 끝날 때까지 계속 군인으로 전쟁에 참여. 내란이 끝나자 체포되어 소네하Soneja 수용소에 투옥. 마드리드로 송치.

1939～46 투옥된 뒤 사형 선고를 받지만 8개월 후 가석방. 마드리드 감옥에서 작가 미겔 에르난데스Miguel Hernandez와 친분을 쌓음.

1946～49 글을 쓰기 시작. 처음에는 소설을 쓰려 하지만 곧 마음을 바꿔 희곡을 씀. 1946년 말경에 「타오르는 어둠 속에서En la ardiente oscuridad」를 쓰고, 그 이듬해 「어느 계단의 이야기Historia de una escalera」를, 1948년과 1949

년 사이에 「회색의 모험 La aventura en lo gris」과 「움직이지 않는 두려움 El terror inmóvil」을 집필.

1949 「타오르는 어둠 속에서」와 「어느 계단의 이야기」를 '로페 데 베가 Lope de Vega' 상에 응모. 「어느 계단의 이야기」로 상을 받음. 10월 14일 마드리드에서 성황리에 초연. 12월 19일 『킨테로 형제들의 친구들 Asociacion de amigos de los Quinteros』이 주최하는 단막극 공모에서 「모래 위의 글씨 Las palabras en la arena」로 다시 한번 일등상 수상.

1950 「타오르는 어둠 속에서」 초연. 「어느 계단의 이야기」는 영화화됨. 「꿈을 엮는 여자 La tejedora de sueños」 집필.

1952 「꿈을 엮는 여자」 초연. 「기다려지는 신호 La señal que se espera」를 발표와 동시에 공연하나 이전 작품들과는 달리 큰 호응을 얻지 못함. 「타오르는 어둠 속에서」가 캘리포니아에서 공연됨. 「거의 요정의 이야기라 할 수 있는 Casi un cuento de hadas」을 쓰기 시작.

1953 「거의 요정의 이야기라 할 수 있는」을 초연하지만 「기다려지는 신호」와 마찬가지로 성공작이 되지 못함. 「새벽 Madrugada」을 써서 연말에 초연. 비평가들과 관객들로부터 좋은 반응. 「이레네 혹은 보물 Irene o el tesoro」 집필 시작.

1954 「이레네 혹은 보물」 초연. 베를린의 브리티시 극장 British Centre에서 「타오르는 어둠 속에서」 초연. 밀라노에서 「모래 위의 글씨」가 번역되어 출판. 스페인 정부 검열로 인해 「회색의 모험」 초연 금지. 「오늘은 축제 Hoy es fiesta」 집필.

1955 도르트문트 Dortmund에서 「어느 계단의 이야기」 공연. 밀라노에서 『꿈을 엮는 여자』 번역 출판됨.

1956 「오늘은 축제」 초연. 이 작품으로 '마리아 롤란드 María Rolland' 상과 '국립 희곡 Premio Nacional de Teatro' 상 수상. 149회 연속 공연.

1957 「엎어진 카드들Las cartas boca abajo」 집필 완료 및 초연. 다시 한번 국립 희곡상 수상. 파리에서 「타오르는 어둠 속에서」 공연.

1958 역사 희곡인 「민중을 위한 몽상가Un soñador para un pueblo」를 쓰고 초연하여 「어느 계단의 이야기」에 못지않은 성공을 이룸. 이로 인해 마리아 롤란드 상과 국립 희곡상을, 그리고 그 이듬해 바르셀로나에서 공연하여 '바르셀로나 비평Premio de la Crítica de Barcelona' 상을 받음. 프랑스에서 『모래 위의 글씨』 출판.

1959 연극 배우 빅토리아 로드리게스Victoria Rodríguez와 결혼. '후안 마치Fundación Juan March 사업단'으로부터 「오늘은 축제」에 대한 문학상 수상.

1960 최고 성공작이라 할 수 있는 「동녀(童女)들Las Meninas」을 완성 초연함. 260회 연속 공연. 다시 한번 마리아 롤란드 상 수여. 그의 아들 카를로스Carlos 출생.

1961 작가 연출의 「햄릿Hamlet」과 코레이라 알베스Correira Alves 연출의 「이네네 혹은 보물」을 포르토Porto 대학 극장에서 공연. 그의 두번째 아들 엔리케Enrique 태어남.

1962 최고로 꼽히는 작품 중 하나인 「산 오비디오의 음악회El concierto de San Ovidio」를 발표, 공연함. 프리메르 악토Primer Acto 잡지사로부터 '라라Lara' 상 수상. 부다페스트 대학 극장에서 「타오르는 어둠 속에서」 공연, 포르토의 실험 극장에서 「새벽」 공연, 오슬로 노르스케 극장Norske Teatret에서 「타오르는 어둠 속에서」 공연.

1963 「회색의 모험」이 다시 공연되나 관객들의 반응도 별로 없고 비평도 서로 다름. 정부의 출국 금지령 철회. 프랑스 방문.

1964 「발미 박사의 이중 이야기La doble historia del doctor Valmy」 집필. 정부 검열을 통과하지 못함. 도쿄에서 「어느 계단의 이야기」와 「꿈을 엮는 여자」가 공연됨.

1965 브라질에서 『어느 계단의 이야기』 출판. 이탈리아에서 「민중을 위한 몽상가」가 라디오로 방송됨.

1966 첫번째 미국 방문. 두 달 동안 미국의 여러 대학에서 강연과 토론에 참석. 『채광창 El tragaluz』 출판. 키예프에서 『새벽』 출판. 네덜란드에서 『모래 위의 글씨』 출판.

1967 대단한 호응을 받으며 「채광창」을 초연. 517회 연속 공연. 이 작품으로 '관객과 비평 El espectador y la crítica' 과 '레오폴도 카노 Leopoldo Cano' 상 수상. 이탈리아 산 미니아토 페스티발 Festival de San Miniato에서 「산 오비디오의 음악회」 공연. 브라티슬라바 Bratislava 방송국에서 「동녀들」 방영. 인디애나 대학에서 『발미 박사의 이중 이야기』 출판, 「꿈을 엮는 여자」는 뉴욕에서 출판된 스페인 희곡 선집에 포함됨. 이듬해 노스웨스턴 대학에서 공연.

1968 「발미 박사의 이중 이야기」의 초연을 위해 체스터를 방문. 맨체스터 Manchester 대학에서 「산 오비디오의 음악회」 공연. 「어느 계단의 이야기」를 마드리드에서 재공연. 오페라를 위한 『신화 Mito』 출판. 미국 미시간에서 「산 오비디오의 음악회」 공연.

1969 리스본의 버라이어티 극장 Teatro de Variedades에서 「엎어진 카드들」 초연. 플리머스 Plymouth 대학에서 「산 오비디오의 음악회」 공연. 샌 루이스 미주리 Missouri 대학에서 「타오르는 어둠 속에서」 공연.

1970 마드리드와 이탈리아 산 미니아토 페스티발에서 「이성의 꿈 El sueño de la razón」 공연. 미국 채플 힐 Chapel Hill 대학의 스페인 희곡 심포지엄에 참석. 브라티슬라바 방송국에서 「산 오비디오의 음악회」 방영. 버몬트 Vermont 미들버리 Middlebury 대학에서 「발미 박사의 이중 이야기」 공연.

1971 「신들의 도래 Llegada de los dioses」 초연. 스페인 한림원 정회원이 됨. 국제 극작가 학회에 참석차 몬테 카를로 방문.

1973 체코어로 「어느 계단의 이야기」가 번역됨. 영국 BBC 방송국에서 「엎

어진 카드들」을 라디오로 방송. 그해 가을 「산 오비디오의 음악회」를 런던 유니티 극장 Unity Theatre에서, 독일어로 번역된 「이성의 꿈」은 독일 로스토크 Rostok에서, 러시아어로 번역되어 모스크바에서, 체코어로 번역되어 프라하에서 각각 공연됨.

1974 마드리드 피가로 극장에서 「설립 La fundación」 초연. '관객과 비평' '레오폴도 카노 Leopoldo Cano' '마이테 Mayte' '희곡 광장 Foro Teatral' 상 수상.

1977 또 한 번의 '관객과 비평' 상 수상. 카라카스에서 개최된 제4차 국제 희곡 회의에 참석.

1978 현대 언어 학회 Modern Language Association 주최로 열린 부에로 바예호에 대한 연구 회의에 연사로 참석.

1979 「밤의 재판관들 Jueces en la noche」을 라라 Lara 극장에서 공연. 1949년에 썼지만 출판되지 않은 『움직이지 않는 두려움』을 무르시아 Murcia 대학에서 출판. 툴링가 Tulinga 대학에서 개최된 작가의 희곡 세계에 관한 세미나에 연사로 참석.

1980 프리부르고 Friburgo와 히네브라 Ginebra 대학에 연사로 방문. 예술가 협회에서 은메달 수여. 국립 희곡상 수상.

1981 마드리드 레이나 빅토리아 Reina Victoria 극장에서 「카이만 Caimán」 초연. '관객과 비평' 상 수상. 작가 협회 초청으로 소련 방문. '롱 플레이 Long Play' 상 수상.

1982 노르웨이에서 그의 세번째 초연을 기념으로 오슬로 펜클럽 PEN Club에 연사로 방문. 「야생의 오리 El pato silvestre」를 마드리드 마리아 게레로 María Guerrero 극장에서 공연.

1984 마드리드 인판타 이사벨 Infanta Isabel 극장에서 「비밀의 대화 Diálogo secreto」 공연. '롱 플레이', 작가와 예술가 협회의 '바예 인클란 Valle – Inclán'

'에르시야 빌바오 Ercilla Bilbao' 상 수상.

1986 스페인 극장 Teatro Español에서 「산 오비디오의 음악회」 공연. 「미로 속의 라사로 Lázaro en el laberinto」 초연. '미겔 데 세르반테스 Miguel de Cervantes' 상 수상자로 지정. 1986년도 '관객과 비평' 상 수상.

1987 '미겔 데 세르반테스' 상 수상. 『미로 속의 라사로』 출판.

1993 '예술 공로상' 수상.

1996 '국립 문학상' 수상.

2000 4월 28일 마드리드에서 작고.

'대산세계문학총서'를 펴내며

근대 문학 100년을 넘어 새로운 세기가 펼쳐지고 있지만, 이 땅의 '세계 문학'은 아직 너무도 초라하다. 몇몇 의미 있었던 시도에도 불구하고, 전체적으로는 나태하고 편협한 지적 풍토와 빈곤한 번역 소개 여건 및 출판 역량으로 인해, 늘 읽어온 '간판' 작품들이 쓸데없이 중간되거나 천박한 '상업주의적' 작품들만이 신간되는 등, 세계 문학의 수용이 답보 상태에 머물러 있음을 부인하기 힘들다. 분명한 자각과 사명감이 절실한 단계에 이른 것이다.

세계 문학의 수용 문제는, 그 올바른 이해와 향유 없이, 다시 말해 세계 문학과의 참다운 교류 없이 한국 문학의 세계 시민화가 불가능하다는 의미에서, 보다 근본적으로, 우리의 문화적 시야 및 터전의 확대와 그 질적 성숙에 관련되어 있다. 요컨대 이것은, 후미에 갇힌 우리의 좁은 인식론적 전망의 틀을 깨고 세계 전체를 통찰하는 눈으로 진정한 '문화적 이종 교배'의 토양을 가꾸는 작업이며, 그럼으로써 인간 그 자체를 더 깊게 탐색하기 위해 '미로의 실타래'를 풀며 존재의 심연으로 침잠하는 작업이라 할 수 있다.

우리의 현실을 둘러볼 때, 그 실천을 위한 인문학적 토대는 어느 정도 갖추어진 듯이 보인다. 다양한 언어권의 다양한 영역에서 문학 전공

자들이 고루 등장하여 굳은 전통이나 헛된 유행에 기대지 않고 나름의 가치있는 작가와 작품을 파고들고 있으며, 독자들 또한 진부한 도식을 벗어나 풍요로운 문학적 체험을 원하고 있다. 새롭게 변화한 한국어의 질감 속에서 그 체험이 이루어지기를 바라는 요청 역시 크다. 그러므로 필요한 것은 어쩌면 물적 토대뿐일지도 모른다는 판단이 우리를 안타깝게 해왔다.

이러한 시점에서, 대산문화재단의 과감한 지원 사업과 문학과지성사의 신뢰성 높은 출판을 통해 그 현실화의 첫발을 내딛게 된 것은 우리 문화계의 큰 즐거움이 아닐 수 없다. 오늘의 문학적 지성에 주어진 이 과제가 충실한 결실을 맺을 수 있도록, 우리는 모든 성실을 기울일 것이다.

'대산세계문학총서' 기획위원회